unbreakable

我相信
真爱无敌

徐秋霓　曹芸畅　著

暨南大学出版社
JINAN UNIVERSITY PRESS

中国·广州

图书在版编目（CIP）数据

我相信：真爱无敌/徐秋霓，曹芸畅著 . —广州：暨南大学
出版社，2018.11
ISBN 978 - 7 - 5668 - 2499 - 8

Ⅰ.①我…　Ⅱ.①徐…②曹…　Ⅲ.①长篇小说—中国—当
代　Ⅳ.①I247.5

中国版本图书馆 CIP 数据核字（2018）第 207561 号

我相信：真爱无敌
WO XIANGXIN：ZHENAI WUDI
著　者：徐秋霓　曹芸畅

出 版 人：徐义雄
策划编辑：潘雅琴
责任编辑：潘雅琴　王雅琪
责任校对：苏　洁
责任印制：汤慧君　周一丹

出版发行：暨南大学出版社（510630）
电　　话：总编室（8620）85221601
　　　　　营销部（8620）85225284　85228291　85228292（邮购）
传　　真：（8620）85221583（办公室）　85223774（营销部）
网　　址：http：//www.jnupress.com
排　　版：广州市天河星辰文化发展部
印　　刷：佛山市浩文彩色印刷有限公司
开　　本：850mm×1168mm　1/32
印　　张：5.125
字　　数：122 千
版　　次：2018 年 11 月第 1 版
印　　次：2018 年 11 月第 1 次
定　　价：29.80 元

序

　　这部小说讲述了20世纪80年代末，几位年轻人的故事。小说围绕着曾瑗、吴迪、张阳等人物展开情节，故事充满了阳光、向上的精神能量。小说分为两部分，"象牙塔里"描写了大学校园里一群充满朝气的年轻人读书、生活的故事，以及纯真的不带任何功利的爱情和纯洁的友情。"红尘之中"描写了主人公大学毕业后来到深圳这片热土，在工作、家庭、爱情、亲情方面所经历的悲欢离合，并对现实中的一些不良现象进行了抨击。

　　由于作者喜欢音乐，所以在小说的许多章节都写入那个时代流行的歌曲，将人的思绪带回遥远的过去。

　　希望大家喜欢这部小说。

2018年9月9日

目 录

序 | 001

第一部　象牙塔里 | 001

第一章　天之骄子 | 003

第二章　五朵靖花 | 008

第三章　路遥事件 | 011

第四章　改变印象 | 017

第五章　夜读惊魂 | 020

第六章 靖华3S

（school 3 sunshine）| 023

第七章 愚人节日 | 026

第八章 西出阳关 | 030

第九章 梦幻之夜 | 034

第十章 黄埔江边 | 039

第十一章 古城家宴 | 042

第十二章 潮起潮落 | 047

第十三章 回家途中 | 051

第十四章 爱的宣言 | 055

第十五章 经受考验 | 059

第十六章 再见百安 | 062

第二部 红尘之中 | 067

第一章 节外生枝 | 069

第二章 申城重逢 | 072

第三章　　工作伊始 ｜ 076

第四章　　新婚离别 ｜ 079

第五章　鹏城不相信眼泪 ｜ 084

第六章　　面对现实 ｜ 092

第七章　　忠贞不渝 ｜ 101

第八章　　梦想成真 ｜ 104

第九章　　迎新晚会 ｜ 111

第十章　　拼爹时代 ｜ 118

第十一章　一地鸡毛 ｜ 122

第十二章　危机四伏 ｜ 127

第十三章　海外归来 ｜ 132

第十四章　爱的使者 ｜ 136

第十五章　不测风云 ｜ 139

第十六章　超越生死 ｜ 143

第十七章　真爱无敌 ｜ 148

第十八章　春暖花开 ｜ 154

第一部

象牙塔里

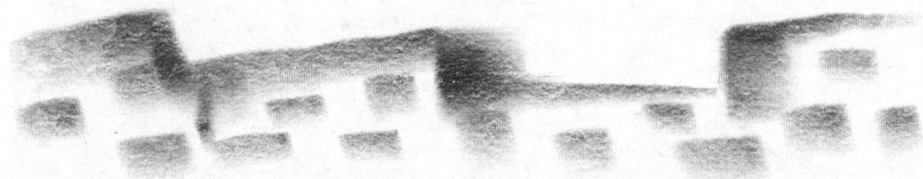

第一章　天之骄子

在 20 世纪 80 年代后期，9 月初，一个晴朗的秋日，百安市已有丝丝凉意，路上落满了梧桐树金色的叶子，空气中隐约有淡淡的桂花香飘过。一位长发飘飘的女子，穿着白色连衣裙，飘逸、潇洒，挽着一位气质优雅、衣着整洁素雅的中年女性轻快地走出了机场，旁边还有一位中年男子推着行李。他们正准备去靖华大学报到。靖华大学是全国最好的大学之一，而那位年轻的女子名字叫曾瑗。她考上了靖华大学最热门的金融专业。这是一座北方的古城，历史悠久，处处显示出它的文明和古朴。而从上海远道而来的曾瑗对这座古城充满了好奇，一路上东张西望。她的母亲则不太高兴地一路上埋怨着："你看看，这是什么地方，大马路上骡子、马车和汽车并行，还有驴粪蛋，真是奇观啊！要是在我们上海才不会这样呢！这四年，有你的苦头吃！"她的父亲英俊潇洒，儒雅沉稳，有着一头浓密的头发，微笑地在一旁看着，轻声劝道："老林，你就让孩子出来闯闯吧，从小到大，她没离开过我们半步，也让她锻炼锻炼，想她了随时都可以来看看。"曾瑗心里暗暗发笑："就是想离你们远点，好让你们管不着，我才跑到这么远的北方来上大学。"

他们打了一辆的士，不一会儿就到了学校，校门口有热情的学长引导他们到操场报到，曾瑗正准备自己去排队注册，母亲则不顾其他同学的侧目挤到人前，想尽快拿到注册报名表让曾瑗填，曾瑗急忙上前阻止母亲，混乱中不小心踩到了一位男生的脚，刚想说对不起，见一位个子高大、鼻梁挺拔、头发微卷的单眼皮男生十分不屑地看了她一眼，只听他跟身边的一位男同学嘀咕了一句："真是一位大小姐啊，这么大了还要父母来送，也不知是哪个班的。"曾瑗瞪了他一眼。

办完注册手续后，父母将曾瑗送到宿舍，只见每张床上都贴好了名字，听说床铺位置每一学期会轮换一次。曾瑗觉得这种安排太好了，比高中寄宿时那种先来先占，一睡就睡三年好多了。将行李放好后，曾瑗送父母出来，顺便在校门口的美食街上吃了顿晚饭，饭桌上父母对曾瑗千叮咛万嘱咐，她好不容易才将他们劝住。饭后曾瑗送他们上了前往火车站的的士。原以为会有一种解脱的、自由的、潇洒的感觉，没想到分别之际突然悲不自胜，望着父母远去的身影想起了许多往事……

曾瑗出生于一个知识分子家庭，父母都是新中国成立后的大学生。曾瑗的父亲曾豪是上海一个资本家的后代，长得非常英俊，浓眉大眼，还有着一头浓密的黑发，声音浑厚动听，喜欢唱苏联歌曲，擅长打乒乓球。曾豪是一家电厂的总工程师，为人谦和低调，在厂里威望很高。同时他还烧得一手好菜，又非常勤快、细心、体贴，抢着干家务活，让曾瑷和妈妈感觉幸福极了。他的善良和顾家在厂里有口皆碑。他身上从内而外散发出来的气质让人感受到其所受的良好教养。曾瑷曾多次幻想以后能找到一位像父亲一般优秀的伴侣。在"文革"期间因为是"臭老九"，曾爸爸还被下放过农场，挑过大粪，拉过板车，还曾因为穿过白色的西装被贴过大字报，说有小资产阶级情调。上大学时他害怕被同学说是资产阶级生活作风，将带到学校的丝棉被藏起来不敢用。

曾瑷的母亲林蓉在上海市一所大学当老师，她出生于中医世家，小时候家境殷实，家中曾有奶妈、佣人。曾瑷的外公凭着自己精湛的医术在当地小有名气，他经常免费给穷人看病，资助困难邻居家的孩子上学。有的孤儿寡母买不起粮，外公暗中资助；有的家中穷得买不起棺材，外公暗中帮忙，如此种种不一而足。许多人都曾受过外公的恩惠，家中的佣人也说林老先生对他们很好，像对待亲人一样大方宽厚。新中国成立后外公因为被划为地主成分，由于他平时救治和帮助了不少人，后来在一次揭发外公剥削罪行的批斗大会上，群众说着说着将批斗会变了味，最后不了了之。虽然家中曾有半条巷子的房产只留下一栋二层楼的主屋供自家人住，其余则被没收，但是外公并不因此而心生怨意。他教育子女要好好读书，并将六个子女全部送上大学。由于家庭原因，曾瑷的父母从小就教育她，本本分分读书做学问，少说话多做事。他们从来没有重男轻女的思想，在父母的呵护下，在这个温暖的家庭里，曾瑷像个公主般快乐地生活着，时刻感受到父母对她深沉的爱。

上幼儿园时，邻居家里住着一位教音乐的邹老师，每天清晨邹老师都带领她的队员去大操场锻炼身体。曾瑷那时年纪尚小，但非常喜爱跳舞唱歌，每天早晨早早起来跟着姐姐们一起压腿、翻跟头、跑步。邹老师发现她具有表演的天赋，便在一次厂里的演出中安排她上台朗诵毛主席的《水调歌头·重上井冈山》：

> 久有凌云志，
> 重上井冈山。
> ……

当年的曾瑗才五岁，小小年纪却有着一种与生俱来的大气，一出场便光彩照人，她洪亮的嗓音、大方的台风吸引了台下所有观众，全场鸦雀无声。自此便一发不可收拾，从成为歌舞队的领舞，到迎新晚会上报幕，再到跟着父亲单位的毛泽东思想宣传队巡回演出，曾瑗在当地小有名气。上学后，曾瑗一直是校文娱委员，也是许多男生暗恋的对象，走在校园里常常受到瞩目，小小年纪就获得了"新长征突击手"的光荣称号。

父母看曾瑗在文艺方面有天赋，在那个凭票供应、物资匮乏的年代，在那个他们每个月工资只有 50 多元的艰难岁月里，为给女儿买手风琴省吃俭用了大半年，花了 280 元钱买了台红色手风琴。

不管是深夜校园排练时，父亲门外不安的窥探，抑或初中升学报到时父母关爱的陪同，这一切都使曾瑗感到局促，而当真正远离家乡，离开父母，看着他们远去的身影时，曾瑗突然意识到原来父母是那么疼爱自己！

她又想起了小时候因为父亲下放到农场，全家人一起去农村生活了一段时间。曾瑗和妈妈住在村里用木头和泥巴搭建的房子里，妈妈在那里的一所小学当老师，爸爸每天要到五公里外的工地干活。工地到村庄一周只通一次车，跟爸爸同去的其他人一周只回村一次，而爸爸非常顾家，他不放心曾瑗和妈妈母女俩住在上雨旁风的房子里，宁愿每天走一小时的山路回家，并经常给曾瑗和妈妈带来意外的惊喜。

　　回想起这些，曾瑗的眼睛有些湿润，她一想到将要在这座陌生的城市里学习、生活四年，她的心中便充满了新奇和不安。

第二章　五朵靖花

当曾瑷回到宿舍时，天色已暗。此时，舍友都来齐了，共有五个人，大家互相介绍，彼此认识，这五人便是靖华大学的"五朵靖花"。

一位来自百安当地的女孩名叫任梦源，个子高挑、鼻梁高挺，皮肤特别好。她家境优渥，父亲是百安市著名保健品公司好运集团的董事长。

一位是来自新疆的女孩洪苹果，她热情开朗、直爽大方、眼睛大而明亮。而"洪苹果"这个名字听上去，总会让人不禁嘴角泛起微笑。

一位是来自云南温柔可爱、低调内敛的女孩——陈筱乔。

还有一位是来自广东的女孩——娇小玲珑、贤惠勤劳的徐梦南。

她们听说曾瑷是坐飞机来的，都非常吃惊。在那个年代是很少有人坐飞机上学的，也很少有人由父母陪同来学校报到。曾瑗也觉得有点不好意思，不许别人以后再提起这事。

　　曾瑗整理了一下自己的行李后，环视四周，发现宿舍里面竟然没有厕所，也没有浴室，最令人意外的是没有暖气，"这可怎么过冬啊"，曾瑗想，心不禁凉了半截。

　　第二天，她们相约到校园里走走看看，来自南方的三个女孩对这座北方的城市充满了好奇，曾瑗发现校园的建筑历史感强，色调较灰暗，大概出于保暖的缘故，爬满常青藤的墙壁比较厚重，不像南方城市的建筑色调明快、风格现代化。校园路旁两排樱花树不禁让人憧憬春天里樱花纷飞的景色，听说每年花开的季节都会吸引无数游客前来观赏。接着她们走到了食堂，了解到学校食堂的每一道菜几乎都有辣椒，米饭不是每天都有，只有每周一、三、五中午才供应，曾瑗觉得很不习惯。不一会儿工夫，学校几乎被她们游了个遍，校园没有她们想象的大，一想到要在这里度过她们四年的青春年华，曾瑗不禁有点小小的失落。

　　但很快她们就被校园中心一潭碧波浩渺的雁鸣湖吸引住了，湖边垂柳依依，岸边木质长廊上坐满了看书的学生。湖心亭中，音乐社的社员们正伴着吉他唱歌。浓浓的书香气和艺术氛围让曾瑗一扫方才的失落，觉得这里真不愧为古城名校！而与学校仅一墙之隔的那座幽静、古老的寺庙更是修身养性的好地方，也是后来曾瑗心情烦闷时经常去的地方。她觉得一到那里就有种来到世外桃源、忘却尘间往事的感觉，心马上就静了下来。

　　金色的九月，一群正值花季的少女在梧桐树下漫步，她们在落英缤纷的林荫道上肆意欢笑，她们那灿烂的笑容，像阳光般明媚；清澈的眼神，如大海般深邃；翩然起舞的身影，如诗画般映入人们的眼帘；妙曼的歌声编织成一首青春之歌；

我们的青春像芳香的玫瑰，

在学校的花园里盛开；

我们的智慧像璀璨的珍珠，

在知识的海洋里成长；

我们的风采像鲜艳的朝霞，

伴随着红日升起；

我们的才华像璀璨的宝石，

等待着未来的开采雕琢。

我们的青春是无悔的岁月，

将在这里扬帆起航！

　　看着满天的晚霞，曾瑷的心中涌起一股暖流，她想起父母经常用北宋大儒张载的名言"为天地立心，为生民立命，为往圣继绝学，为万世开太平"来教导她，她默默下定决心要在这座北方的城市，这个一流的学府里，好好学习，不负青春年华。

第三章　路遥事件

　　由于学校安排新生国庆后才去军训，所以报到的第二天就正式上课了。第一天上课班主任也没有露面，听学长说上大学后班主任都只是挂个名，主要是辅导员管事。只是辅导员是谁大家也不知道。这让大多在重点高中上过学的学生十分不习惯，因为在高中时，无论是班主任还是任课老师，对学生都是关爱有加，因为这些孩子大都出类拔萃，即使只是头疼脑热的，学校老师也都高度重视，生怕他们的学习受到影响。而到了这里，班主任连面都未露，大家的心中都有一种小小的失落，看来大学生活真的与中学不同了。

　　上课的第一天，曾瑗还保留着中学时代好学生的习惯，早早地来到班上，坐在第一排的位置。后来听男生议论，说每天只见一女生酷酷地坐在前排，也不怎么与人说话，对进门的男生看都不看一眼，他们觉得这个女生很高傲。

上了一星期的课，给大家留下印象最深的是"金融管理"课教授，英气逼人，口才好，整节课可以不用看教案，一气呵成，尤其是那一长串的数据案例他也竟然能倒背如流，让人佩服。而最让人感觉无聊的是"统计学"这门课，一位自言自语的老师在讲台上摇头晃脑地讲着，下面睡倒了一片同学，甚至还有打呼噜的。真佩服这种能在课堂上睡着的学生以及能让学生在课堂上睡得如此香甜的老师。

很快半个月过去了，班主任只露过一次面，公布了临时班委的名单：

班长张阳：竟然也是来自上海，据说高中时曾是校广播站播音员。人长得文静帅气，声音非常好听，走起路来有一种飘逸的感觉，好像身上有股仙气，不食人间烟火。父亲是上海名牌大学教授、金融系主任。母亲是上海市益民医院妇产科的主任医师。他也是因为不喜欢被父母安排而报读了北方的大学，一来学校就被校团委看中。

团支部书记：洪苹果，从小就一直担任团支书，为人随和，也是曾瑷的室友。

其他班委说是半个学期后民主选举。而当时同学间几乎都互不认识。走在校园内或是在食堂碰到，大家也叫不出对方的名字。

在女生宿舍里，心直口快的梦源说："我看我们班男生就没有一个能嫁的。"这话传到男生宿舍，男生们回敬说是他们认为咱们班没有一个女生好看，都不及格，最好看的是曾瑷，也就59分！还说哪天要给班上女生点颜色看看。女生们一听感到愤懑不已，决定找个时间要跟男生们理论！后来曾瑷的外号就成了"59分"。

　　就在男生女生彼此瞧不上眼的时候，一个讲座让大家暂时平息了战火——校园宣传栏内出现了《平凡的世界》的海报：

文学讲座：《平凡的世界》
主讲人：路遥
时间：周三下午2：00点
地点：大礼堂
组织者：靖华大学校团委

　　在当年，路遥可是个名人，是无数文艺青年崇拜的偶象，大家对这次活动非常期待。路遥来校讲座的那天早上，曾瑷班上的第一节是语文课，女生们早早来到教室，男生们也三三两两地走进来。老师还没有来。班长张阳突然进来跟大家说："同学们，我认识咱校文学社的人，所以非常荣幸地请来了路遥先生给我们上一堂语文课。"他刚说完，只见一位头发乌黑浓密，皮肤白净的男士，穿着一件长长的风衣，潇洒地走了进来，操着一口浓重的河南口音，说道："同学们早上好！今天非常高兴来到靖华大学，来到你们班，你们的语文课讲到哪里啦？"此时曾瑷和其他女生都激动地议论着："没想到路遥先生这么年轻，这么帅啊！"她们兴奋地从座位上站起来涌上讲台，让路遥先生签名，洪苹果还因为没签上而不高兴。路遥先生让大家归位后说："这样吧，我们先请语文课代表将你们上节课学的舒婷的诗《致橡树》给大家朗诵一下好吗？"而曾瑷自告奋勇地站了起来，声情并茂地朗诵起来：

　　我如果爱你——

绝不像攀援的凌霄花，

借你的高枝炫耀自己；

我如果爱你——

绝不学痴情的鸟儿，

为绿荫重复单调的歌曲；

也不止像泉源

常年送来清凉的慰藉；

也不止像险峰

增加你的高度，衬托你的威仪。

甚至日光。

甚至春雨。

不，这些都还不够！

我必须是你近旁的一株木棉，

作为树的形象和你站在一起。

根，紧握在地下；

叶，相触在云里。

每一阵风过，

我们都互相致意，

但没有人，

听懂我们的言语。

你有你的铜枝铁干，

像刀、像剑，也像戟；

我有我红硕的花朵，

像沉重的叹息，

又像英勇的火炬。

我们分担寒潮、风雷、霹雳；

我们共享雾霭、流岚、虹霓。

仿佛永远分离，

却又终身相依。

这才是伟大的爱情，

坚贞就在这里：

爱——

不仅爱你伟岸的身躯，

也爱你坚持的位置，

足下的土地。

　　那是一首当年被收录在大学语文教材中的诗，那是一个没有手机干扰的年代，那也是一个人们喜欢读诗、写诗的年代。曾瑗朗诵完后，女生们个个用崇拜的眼神看着路遥，窃窃私语。此时，语文老师走进教室，而台上的路遥先生和全班男生哄堂大笑。原来这是男生们策划好的一场阴谋，专门骗班里女生的。那个"路遥"是班上一位来自云南的男生，名叫林明心。而这个活动的幕后策划者则是一个叫吴迪的男生。听说是百安市副市长的儿子，人有点拽。

　　因为此次的"路遥事件"，男生和女生的关系意外地解冻了，女生们认识了林明心、张阳、吴迪等男生，男生们认识了曾瑗、任梦源、洪苹果、陈筱乔……女生们还将假路遥签过名的笔记本珍藏了起来，觉得这是一个值得收藏的物品。大家在宿舍里笑着、回味着这件事，还商量着搞一次集体活动。当然这一切都与班主任毫无关系。大家深刻感受到大学生活与中学最大的不同就在于一切都是自我管理，自觉学习。而曾瑗对吴迪没有什么好印象，尤是听说自己"59 分"的外号就是他所起的，这之后她也给吴迪起了个外号："吴猴"，因为听说他属猴，加上觉得吴迪是高干子弟。而当吴迪发现曾瑗就是那个开学注册报到时父母跟随来帮忙的大小姐，而且还听说是坐飞机来的，对曾瑗也充满了成见，觉得她一定非常娇气，难相处。他俩彼此都看对方不顺眼，又都觉得对方没什么了不起。

由于曾瑗和张阳都来自上海，曾瑗感觉张阳好亲切，一下子与他拉近了距离，再加上他俩都吃不惯辣椒，而食堂的每道菜里都有辣椒，这让曾瑗和张阳都觉得有些不适应。于是曾瑗让父母从上海给她寄来了许多好吃的罐头，经常与张阳一起分享。

第四章　改变印象

就这样班上的同学很快熟络起来，大家正策划组织一次班集体活动。突然有一天，洪苹果带回了一个自称为"诗人"的老乡。此人留着长长的头发，穿着不太干净的衣裳，一副落魄的样子。说是钱包丢了，想在男生宿舍住两天，等他家里人将钱寄过来他就走。一进门，"诗人"就给大家念了句诗：

黑夜给了我黑色的眼睛，我却用它寻找光明。

这下可把这帮没读过多少诗的理科女生给镇住了，她们热情地抢着去帮"诗人"打饭。路上洪苹果遇到了吴迪，说起了此事，吴迪听后感到有些蹊跷，洪苹果很不高兴地说吴迪把人想得太坏，冤枉好人。吴迪着急地说，那这样吧，你让他到我们男生宿舍来，让我们审审，洪苹果说让他去你们那里可以，可是千万别伤害人家。吴迪同意了。洪苹果就让吴迪带着"诗人"去了男生宿舍，一群男生装作非常崇拜的样子与他大谈诗歌，并让他给大家看他的诗集，他一开始不肯，后来看大家又是给他递烟，又是给他打饭的，就拿出了一手抄本诗集，并说本子上的诗都是他写的。吴迪马上叫来班上诗歌爱好者许晓帆鉴定，晓帆一看便识出本子上哪些诗是北岛的，哪些是顾诚的、舒婷的，却并没有一首是"诗人"写的诗。大家当时就断定他是个骗子。吴迪让林明心给派出所打电话，警察来了，一看那人就说："你怎么又来啦?"并告诉吴迪他们这人是个惯犯，经常在各大高校行骗，偷东西。女生们知道真相后都对吴迪刮目相看。此后班上的同学都说：有事就找吴迪，他社会经验丰富。女生们更是对吴迪充满了好奇和佩服。

转眼间，新年将近，大家开始筹办迎新晚会。晚会由张阳和洪苹果主持，曾瑗在晚会上表演了民族舞并用手风琴演奏了《莫斯科郊外的晚上》。同学们正在鼓掌，突然灯光一暗，只见一个肩上挎着吉他的男生出现在大家面前，他边弹边唱了一首歌曲《我的未来不是梦》。他走进教室的那个瞬间，曾瑗有一种很眼熟的感觉，突然想起他就是那天注册报到时说她是大小姐的那个男生! 而他在弹唱时认真温柔的模样：高高的鼻梁、飘逸的头发，竟让曾瑗有一种似曾相识的恍惚。

晚会结束后，大家意犹未尽，就相伴来到了男生宿舍，大家猜谜语、讲笑话、打扑克，互相介绍自己家乡的故事，好不热闹。快 12 点了，女生们说有些饿了，吴迪说他给大家做点吃的。他让宿舍里外号叫"黑妞"的男生去门口放风，让林明心去买东西，然后拿出一个小电炉，用一口大锅，烧开水，往里面放了几包方便面、榨菜、几根火腿肠。出锅! 哇，在那寒冷的冬夜，这群刚融入大学生活的青葱少年就这样一边吃着方便面，一边望着窗外飘落的雪花，在噼噼啪啪的鞭炮声中迎来了新年。

经过了路遥事件、骗子事件、迎新晚会，吴迪的名字在女生宿舍高频出现。他的帅气、热心和多才多艺让人心动。心高气傲、心直口快的任梦源此时也改口了，她说："我觉得班上还是有一个半男生可以嫁的，那就是吴迪和张阳。"大家纷纷笑话她，并鼓励她主动表白。

而男生宿舍这边也在议论着班上的女生，他们也改变了看法，说原来班上还是有好看的女生，并且各自在心中想着自己的女神。他们如此形容冷艳的曾瑗：

妍妍姿容凌秋寒，群芳谢后绽华颜。
盛在世间清寂处，暗香悠悠扑人面。

吴迪的心中对这个注册时还要父母陪伴并坐飞机来的大小姐及每天坐在第一排高冷的曾瑗充满了好奇。曾瑗也在心里想着：没想到吴迪那么多才多艺。至此，他们双方对彼此的印象改变了。

第五章　夜读惊魂

期末考试即将来临，曾瑗这才发现远离了父母的管束，没有了升学的巨大压力，没有了高中老师的督促，自己这学期是真的没有好好学习，而百安的冬天超级寒冷，第一次见到北方下大雪的曾瑗，有几次竟然翘课去打雪战，将靴子的后跟都跑掉了。有一天，在银色的雪地上，她们几个南方来的女孩笑闹着，像疯子一样，也只有在那个年纪她们才能如此放肆地欢闹。悄悄溜回教室时，老师竟然也没有批评她们，而是装作没看见，这让她们意外不已。而没有暖气的宿舍晚上棉被都冰冷，冷得都不愿意钻进被窝，早上更不愿意出被窝。好几次早上曾瑗看见筱乔也没有起床，两人就在宿舍里呼呼大睡到中午，事后又一起后悔错过了深奥难懂的高数课。一想到高等数学，曾瑗就觉得有挂科的危险，心里后悔不已，心想下学期再也不能这样了。庆幸学校有一个月的温书假，曾瑗和女同学们开始了挑灯夜读的备考日子。

　　而男生那边情况更严重，吴迪的大学英语书几乎是全新的，由于他不喜欢英语，所以经常在英语课上翘课或是迟到，同学们总能在英语课快下课老师点名时看见吴迪溜进来，悄悄地在后排坐下。其他好多男生上课就坐在后排偷偷睡觉。临近期末考试大家都着急了，准备临时抱抱佛脚。

　　由于宿舍晚上 10 点熄灯，大家就跑到整晚不熄灯的研究生楼去夜读。那里还有暖气。曾瑗、筱乔、芳芳、梦源一起结伴而去。一楼的研究生教室灯火通明，好多同学都来此复习功课。11 点了，此时的教室里人已不多，筱乔她们熬不住准备打道回府。曾瑗说她再解决一道微积分难题后就回，可是半天解不出来，她想那就打个盹儿再做吧，便趴在桌上想稍息片刻。

　　这时隔壁教室里也有许多男生在夜读，包括张阳、吴迪他们宿舍五个人。他们一边复习一边打赌看谁期末能拿到奖学金。

　　曾瑗不知不觉中竟睡着了，这时偌大的阶梯教室里只剩下她一个人，突然有一双手在她身上碰了一下使她猛地惊醒，她发现一个身影从身边闪过，再一看，自己的书包不见了。那里面可是有她最后一个月全部的生活费，她大惊失色，大叫着追了出去。她的叫声在安静的夜晚显得特别尖利，旁边教室的男生听到后都追了出去。吴迪让张阳陪着她，自己也和其他同学一起追了上去，最终男生们在研究生楼旁边的小树林里将那个小偷逮住。曾瑗看到吴迪的手臂上有好几道被树枝划破的痕迹，心中充满了感激，正想说几句感谢的话，谁知吴迪一边将书包扔给她一边嗔怪道："一个女孩子这么晚了还敢一个人待着，真是一个大'茶包'（trouble）。"曾瑗听后愣住了，将感谢的话生生地咽了回去。

　　自那晚以后，班上的男生女生经常结伴一起去晚自习，并互相打赌较劲儿，看谁能拿全班第一名。

　　这段时间，有那么几晚，曾瑷回到宿舍，为了逃避宿管老师的检查，在被窝里打着手电筒继续苦读，一边读一边想：高考时都没有这么刻苦过，以后可不能再临时抱佛脚了。

　　期末考试开始了，大家早早地去教室占位子，现在所谓的"学霸"们都坐在前面，而且他们的身边被许多现在所谓的"学渣"们包围着。吴迪一副无所谓的样子，在英语考试时坐在了曾瑷的前面。考试开始了，曾瑷飞快地做着题，吴迪有些无聊地玩弄着他的钢笔，因为他有好多题不会做。尤其是一道阅读理解题，如果答错了可能就会挂科，他急得抓耳挠腮。身后早就做好了题的曾瑷看出了他的为难，用眼神扫了一下前方吴迪的试卷，想起那天晚上吴迪对她的帮助，就用脚尖轻轻地踢了一下吴迪的座位，悄悄地告诉他说：ABDEC。吴迪马上会意，写下了答案，并回头冲曾瑷感激地一笑。

　　一考完试，同学们都激动得冲回宿舍，将早就整理好的行李扛上肩，怀着愉悦的心情踏上了回家的旅途。而曾瑷的心也早已飞回了上海，飞回了爸爸妈妈的身边。

　　曾瑷同张阳一起坐火车回家。

第六章　靖华 3S
（school 3 sunshine）

　　快乐的时光总是短暂的，在家里过了一个充实的寒假，吃了好多上海小吃，拜访了亲朋好友，给老师长辈拜完年后，曾瑷和张阳便相约一起返校。在火车站，他们的父母见了面，彼此留下了很好的印象。一路上张阳对曾瑷照顾有加，由于这回坐的是硬座，张阳让曾瑷晚上安心睡觉，他守夜。白天他睡觉，让曾瑷看风景，曾瑷觉得这真是个温暖贴心的男孩。

　　期末成绩出来了，曾瑷如愿得了第一名，张阳第二，梦源第三，筱乔第四，吴迪因为英语拖了后腿，得了第二十二名。曾瑷请舍友们去外面吃了一顿，大家尽兴而归。

　　一开学，班主任赵老师又露了一次面，说要改选班委，吴迪没有任何悬念地高票当选为班长。张阳担任学习委员，曾瑷任文娱委员，洪苹果继续担任团支部书记。

曾瑗的大学生活这才真正开始。校园里丰富的社团活动吸引了她。她觉得：每一天都是崭新的，每一天都充满希望。张阳凭借俊朗干净的外表、优秀的口才、低沉富有磁性的嗓音以及一口纯正的普通话，一下子就被校广播站相中，并成为学校各大晚会的主持人。他那淡定、文静的性格让身边的人感到平静舒服，吸引了不少女生的暗暗喜欢。

曾瑗不仅学习成绩好，而且能歌善舞，小时候在宣传队的童子功发挥了作用。她经常和张阳一起主持晚会、表演节目，并竞选为校学生会文娱部长。她组织女生跳街舞，并在全校掀起了一股学习街舞的热潮。在诗歌朗诵会上她深情且自信的声音，让许多人为之着迷：

她悄悄地走着，
在这嘈杂的人世间，
你投射过来诧异的眼神，
批评也好，夸奖也罢，
并不曾使她的脚步停下，
因为令她坚持的，
不是你注视的目光，
是她坚定的心。

在校运动会上，她身轻如燕般跃过横杆的姿式让全场观众惊叹，还在校交谊舞比赛中与张阳搭档获得一等奖，成为不少男生心中的女神。

吴迪看着他们在校园活跃的身影，心中有点落寞。在观看曾瑗交谊舞比赛时，他遇到了校乐队队长老余，他听说吴迪会弹吉他就拉他进了乐队，说是正好有一个吉他手要毕业了，让吴迪去顶替。进了乐队，聪明的吴迪很快又自学了小号，成为乐队主力。老队长毕业后他成了乐队新队长。那时候校园流行的是崔健的《一无所有》、Beyond 的《大地》、姜育恒的《再回首》、陈慧娴的《哭沙》，以及周润发在赌神里穿风衣的经典形象。而这些流行元素都能在这支乐队中寻见，深受同学们的喜爱。

在每周末的校园舞会上都可以看到吴迪潇洒的身影，并吸引了许多暗恋他的女生前来跳舞。每当吴迪吹起悠扬的小号曲——《温柔的倾诉》时，台下就有女生献花，并引起阵阵尖叫。台下还有许多追随的目光，其中一双来自任梦源。吴迪凭着天生的组织能力和良好的人缘，竞选上了系团委书记，并连任到了毕业。

鲜花盛开的春天来了，学校要举办一次迎春歌咏比赛。系里要求吴迪负责组织这项活动。他找了曾瑗、张阳来帮忙，先是挑选人员，然后选歌、找人辅导、排队形、练合声。吴迪还请来了音乐学院的同学帮忙辅导，经过多次加班加点的排练，在比赛当天，由张阳领诵，曾瑗指挥，整个队伍歌声嘹亮，多声部合唱配合默契。吴迪带领乐队伴奏，一曲《长征》征服了全场观众，也征服了高傲的曾瑗。歌唱快要结束时，一面鲜艳的五星红旗突然在队伍的后方呈现，像一道彩虹震撼了全场，他们获得了全校冠军！他们三人也被同学们称为：靖华 S3（school 3 sunshine）。

在随后的日子里，他们三人经常一起出现在校园的教室、图书馆、食堂、操场和各种活动中，羡煞不少同学。

而曾瑗的心中也开始有了一个小小的秘密……

第七章　愚人节日

转眼间四月就来了，愚人节也快到了。班上的女生正谋划着怎样捉弄男生。她们不知班上的张阳和吴迪谁更喜欢曾瑗，所以她们瞒着曾瑗，以她的名义给张阳和吴迪分别写了一封信：4 月 1 日上午 6：30 在每天晨跑路过的那个亭子里见面，到时候会有惊喜。而给吴迪的信上则将地点换成了中心湖畔。她们猜以吴迪那么精明的头脑是不会上当的。梦源不愿意捉弄别人，没有参与这件事。

愚人节的早上，两位男生早早起床，舍友们都好奇这吴迪平时是不怎么起来做早操的，今天为何起得这么早？四月的百安，天气还比较寒冷，两位男生走出宿舍朝不同的方向跑去，当他们到达目的地时，未见佳人。张阳只见筱乔在亭子那里等着。洪苹果和梦南则嘻嘻哈哈地在雁鸣湖边候着，洪苹果看见吴迪来了，唱起了小曲儿，"原来嘛你也是上山看那山花儿开"。吴迪这才知道上当了，连忙去追打那群笑闹着的女生去了。女生们事后都说：张阳上当我们觉得不奇怪，吴迪这么精的人也上当，她们还真没想到，看来曾瑗的魅力好大啊。

回到教室，曾瑗还不知情地在早读。她们将上午的事告诉曾瑗，曾瑗哭笑不得。此时英语课代表走进来通知大家老师今天有事，不来上课了。同学们正准备欢呼，林明心站起来大声说道："别上当了，今天是愚人节啊。"大家闹着追打明心，不一会儿英语老师走进来结束了这场闹剧。

课间休息时，大家忽然发现后面黑板报上贴了一张"寻猴启事"：

现有一猴，爱吃香蕉皮，
祖籍安徽，性格狡猾，
会打架，能喝酒，还会抽烟，
有时爱哼支小曲儿。

启事上还贴了一张从金丝猴香烟盒上剪下来的猴头标志。同学们看了哄堂大笑，大家都猜到这启事暗指吴迪，因为他的祖籍就是安徽，而且他还属猴。

吴迪看了也不生气，跟着同学们一起哈哈大笑。愚人节的早晨就这样在愉快的氛围中度过了。

很快到了上午第四节课，大家都盼着老师提前下课，因为那天是食堂供应大米饭的日子。由于当年北方大米不足，每周只有一三五供应大米饭，二四六日只提供面食，所以每到供应大米饭的日子，排队的人特别多，大家都带着吃饭的餐具去教室上课，一下课便直奔食堂。如果哪位老师在最后一堂课拖堂，大家会集体敲饭盒。尤其像曾瑷这样生怕晚了吃不上米饭的南方人更是急着下课。可是那天她突然发现自己忘了带饭盒和筷子，正在着急，被坐在她后边的吴迪发现了。吴迪说他也忘带了，不如他回宿舍多拿一个饭盒借曾瑷用，让曾瑷先去排队等他。一下课吴迪就赶回宿舍。在食堂排队打饭时，曾瑷听到后面的队伍中有人议论说一个男生从宿舍二楼掉下来了，她还以为是愚人节的玩笑，便没当真。

就在这时，只见洪苹果焦急地跑来食堂告诉大家说掉下来的那个人是吴迪！曾瑷和张阳吓得赶紧往宿舍跑。只见吴迪正躺在他宿舍的窗下，一动不动，头部流着血。原来他回宿舍拿饭盒，又忘记带钥匙，就想从隔壁宿舍的窗户爬过去，以前他爬过多次都没事，没想到这次一脚踩空，摔了下来。大家赶紧将他送往医院。一路上，看着昏迷不醒的吴迪，曾瑷的心中充满了不安。大家商量着，先给他父母打电话，他们再轮流守夜。到了医院，张阳守在吴迪的身边，焦急不安。而吴迪在昏迷中突然喊出了一个人的名字：曾瑷，这让张阳的心头冒出了一丝异样的感觉。在打完两瓶吊针之后，吴迪醒了，他好像完全不记得自己是怎么掉下来的，只是寻找着什么。当晚他的病房门口挤满了来看望他的同学。他的父母也来了，医生说幸亏是二楼，所以没有什么大碍，只是受了些皮外伤，有点轻微的脑震荡，住院观察两天，就可以出院了。其间，曾瑷又来了两次，第一次恰好碰上吴迪的父母在，只听吴迪的父母数落着他，他们又着急又心疼的样子让曾瑷想起了自己的父母，真是可怜天下父母心啊。这也是曾瑷第一次见到吴迪的父母。她在门外待了一会儿，将买来的鲜花托门口的男生捎了进去，便悄悄回去了。

　　晚上曾瑗又来了一次，见到梦源带了营养品来看吴迪，吴迪的父母听说梦源是百安的，就与她聊了起来，尤其是吴迪的妈妈见梦源个子高挑、皮肤白皙，长得乖巧，对她印象很好。又听说她父亲是百安市著名保健品公司好运集团的董事长，吴妈妈对她就更感兴趣了，她还邀请梦源有空去家里玩。曾瑗看她们相谈甚欢，也就不好意思进去。而最想见的人迟迟没有出现，这倒让吴迪有点失望。

　　吴迪出院回校后大家都笑话他，为了吃饭差点丢了小命。而辅导员则告诫大家再也不能这样做了。学校也专门增加了食堂的人手，免得高峰期造成人太多，大家排队抢米饭的现象。曾瑗却嘲笑吴迪太笨。头上还缠着绑带的吴迪回敬道："那还不是为了你，你这个没良心的，连看都不来看我。"曾瑗说："我去了，可惜你没看见！"两个人鸭子拌嘴好不热闹，张阳只好在一旁劝架。

第八章　西出阳关

　　时光飞逝，转眼暑假快到了，张阳早早就约曾瑗一起回上海，可曾瑗说洪苹果邀请她们去新疆玩，曾瑗说不趁现在在百安读书离新疆近去玩玩，恐怕以后没有机会去了，她劝张阳先去新疆然后再一起回家。张阳本不想去，可听说吴迪也去，就决定同行了。

　　一放假，曾瑗、吴迪、张阳、洪苹果、任梦源、陈筱乔、徐梦南、林明心他们一行人就坐上火车开始了西域之旅。火车载着他们向西而去，一路上他们唱着崔健的歌《假行僧》：

　　　　我要从南走到北，我还要从白走到黑
　　　　我要人们都看到我，但不知道我是谁
　　　　假如你看我有点累，就请你给我倒碗水
　　　　假如你已经爱上我，就请你吻我的嘴

　　　　我有这双脚，我有这双腿，我有这千山

和万水

　　我要这所有的所有，但不要恨和悔

　　要爱上我你就别怕后悔，总有一天我要远走高飞

　　我不想留在一个地方，也不愿有人跟随

　　我要从南走到北，我还要从白走到黑

　　我要人们都看到我，但不知道我是谁

　　……

　　他们打着牌，吃着自带的干粮。车窗外时而有不知名的鸟儿飞过，偶尔还有野骆驼追赶着列车。吴迪与他们这节车厢的乘务员聊得火热，一会给他递烟，一会帮他维持秩序，乘务员很高兴。那时候从百安坐绿皮火车去新疆可是要坐三天两夜哩。曾瑗虽然买得起卧铺票，但为了和同学们在一起，就随着大家一起买了硬座。白天的时光在大家的笑闹中很快过去，待夜幕降临，窗外的景色变得越来越苍凉。曾瑗她们都有些累了。吴迪像变魔法似的从行李中拿出单人折叠草席，让女生们睡在座位上，男生们便将草席往座位下一铺将座位改成了卧铺。大家轮流躺下休息，感觉真是好极了。女生们由此更加崇拜吴迪了。

　　当火车经过乌鞘岭时，两边陡峭的山脉，形色狰狞的岩石，给人一种非常苍凉甚至恐怖的感觉，吴迪说这里在很久以前是大海，所以地形才长得那么怪。张阳他们几个男生在一旁吓唬她们，说是有一年列车经过这里时，来了一场沙尘暴，将列车都淹没了，吓得几个女生瑟瑟发抖。洪苹果告诉大家，乌鞘岭就是河西走廊的门户和咽喉，古丝绸之路的要冲，历史上西汉张骞出使西域，唐玄奘西天取经，都曾经过乌鞘岭。

　　清代杨惟昶的一首《乌岭参天》，更是道尽了乌鞘岭的奇崛：

万山环绕独居崇，俯视岩岩拟岱嵩。

蜀道如天应逊险，匡庐入汉未称雄。

雷霆伏地鸣幽籁，星斗悬崖御大空。

回首更疑天路近，恍然身在白云中。

当地的地方志上对乌鞘岭有"盛夏飞雪，寒气砭骨"的记述。乌鞘岭铁路从海拔 2 000 米开始，盘行八公里到乌鞘岭火车站时海拔已达 3 000 米以上，然后再盘行二三十公里降到海拔 1 500 米左右，如此起伏，铁路线只有在整个乌鞘岭上盘来绕去，才能通过。而经过乌鞘岭时正好是晚上，大家都感觉到了一阵寒意。此时，吴迪又从他的背包里拿出了一个早就准备好的睡袋，他本想拿给曾瑗用，又怕大家笑话，就让三个女生轮流用睡袋盖着依偎在一起打盹。

就这样一路上大家饿了就吃馒头夹大葱，醒了就打"拖拉机"，累了就将草席往火车座位底下一铺，钻进去倒头便睡，根本不嫌脏。早上醒来，洪苹果拿出了一只小小的酒精炉，是一种地质工作者在野外作业时用的炉子，她用炉子煮起了方便面，大家争抢一空，都说从来没有觉得方便面这么好吃过。

列车一路向西，经过了著名的嘉峪关、九泉、吐鲁番这些从前只能在历史书上了解到的历史名城，终于到达了新疆首府乌鲁木齐。大家都非常兴奋，一出车站，就发现乌鲁木齐刚下了一场雨，天气非常凉爽，又觉得有些冷，赶紧加上了长袖外套。在南方过惯炎热夏天的曾瑗可没带长衣长裤，张阳和吴迪都抢着给她外套。曾瑗嫌吴迪的外套太土没要，穿了张阳的。当时已是晚上八点半，而乌鲁木齐与内地有两个小时的时差，此时太阳还高高地挂在天上，洪苹果告诉大家晚上十点半左右太阳才能完全下山，这让首次来新疆的大学生们感觉到从未有过的新奇。而满大街大眼睛、高鼻梁的维吾尔族、哈萨克族青年，让他们感觉仿佛来到了异国他乡。大家还发现这里许多建筑的顶部都加上了一个洋葱似的标志建筑物。

很快，同学们来到了洪苹果的家中，她的父母是 20 世纪 50 年代到新疆支援边疆建设的安徽人。他们到这儿已有 40 多年，对新疆的气候、环境都已适应。他们非常热情地接待了这群年轻人。由于房间不够住，男生和女生各住一间。夜晚，呼噜声此起彼伏，好不热闹。让曾瑗感到非常惊讶的是，乌鲁木齐的夏天晚上竟然没有蚊子。许多新疆人从不知蚊帐是何物。难怪洪苹果刚到百安时将学校统一发的蚊帐给挂倒了。

接下来的几天，洪苹果的父母带着他们去了著名的"二道桥"市场，各式各样做工精美的少数民族小刀，以及色彩斑斓的纯羊毛地毯让人眼花缭乱。还有"一枝花"市场的羊肉串、天山上的天池水、吐鲁番的葡萄沟、山脚下的火焰山、阿斯塔纳古墓群、神秘的高昌古城、美丽的苏公塔及纯朴的民风、低廉的物价，美丽善良、大气豪爽、热情好客的新疆人民，所有这些风景和人事，都让人乐不思蜀。曾瑗有时甚至觉得自己上辈子可能是个新疆人，因为自己爱唱爱跳的性格跟这里的人很像。

第九章　梦幻之夜

去过了天山和吐鲁番，大家最后决定再去那个经常有湖怪出现的神秘的喀纳斯湖。不到新疆，你绝对无法想象中国国土之大，那里可有占中国六分之一的版图面积。经过三天两夜的长途汽车，他们经过了苍茫的戈壁滩、荒凉的沙漠，吃了布尔津的烤狗鱼，见了我国唯一一条由东向西流入哈萨克斯坦的河流鄂尔齐斯河，终于来到了美丽的、令人神往的传说中经常有湖怪出现的喀纳斯湖畔。

喀纳斯真的是世间少有的"人间净土"，她的绝美，任何高超的摄影技术都难以展现，任何语言的描述都显得苍白。那里的月亮湾好似一弯新月，静静地倒映着蓝天；卧龙湾宛如一条长龙缠绕住青山，鸭泽湖形似一泓蝶状的碧水与沼泽湿地连为一体，隐藏在森林之中；神仙湾则由山、水、白桦构成了人间仙境。爬上观鱼亭俯瞰整个喀纳斯湖，她的清澈如镜和神秘纯净让人陶醉。山坡上繁花似锦，芳香四溢，蜜蜂在采花酿蜜，牛羊漫山遍野觅食撒欢。那真是惹眼繁花遍地开，欢乐牛羊满地跑。加上湖怪的传说，更让人觉得神秘莫测。

眼前美景让人流连忘返。吴迪弹起了吉他，唱起了当地民歌《塞戈露西亚》：

> 一轮太阳在升起
> 我有首歌儿要唱给你
> 一个心愿在升起
> 我有句话儿要问问你
> ……
> 别哭泣呀别忧郁
> 塞戈露西亚整夜想念你
> 别在意呀别委屈
> 让阳光洒在你心里
> 哦 塞戈露西亚
> 嫁给我吧塞戈露西亚……

曾瑗和大家跳起了舞，唱起了歌。

天色渐晚，正当大家准备乘班车下山，忽然发现曾瑗不见了。吴迪带上背包，让张阳先带领大家下山，独自一人去寻找曾瑗。吴迪好不容易在湖边发现了正惊慌失措的曾瑗。原来她去找厕所，一不小心被美丽的风景吸引便多拍了几张相片，所以没赶上大家。吴迪一边责备道："你找什么厕所啊？随便找个地解决一下不就得了？这里到处都是天然厕所。"一边赶紧拉着她去赶车，可是到车站一看，最后一班车已经走了，站牌上还写着"夜晚有野兽出没，请勿在山上逗留"的警示。此时天色已晚，喀纳斯夏天的夜晚寒气袭人，太阳落山后，更能感受到那深深的寒意。这就是新疆，更何况又是在新疆的山里，夜里最低温度会达到零度以下。曾瑷有些害怕。吴迪安慰她道："不怕，有我呢，现在我们一起沿着大路下山，说不定会碰到人或车，怎么样？"曾瑷只好应允。两人便沿着大路往山下走去。

　　天色越来越晚，曾瑷虽然有些害怕，但有吴迪在身边她感觉安全了许多，由于没有吃晚饭，曾瑷又冷又饿，有点走不动了，吴迪问要不要背她，曾瑷拒绝了。此时天上的繁星比任何地方看到的都亮，她兴奋地邀请吴迪一起看，吴迪没好气地说："都什么时候了，你还有心情看星星。"突然，远处隐约有亮光闪动，他俩赶紧跑近一看，原来是个蒙古包，里面住着一户守林的牧民。牧民非常热情地接待了曾瑷和吴迪，让他们喝奶茶、吃馕饼，一下子驱走了他俩身上的寒气。曾瑷是第一次住蒙古包，她发现外面虽然寒冷，可是蒙古包里非常暖和。原来是蒙古包里面烧了暖气。牧民安排他俩一起睡，还说你们小两口就不要推辞了。曾瑷急了，说她和吴迪不是男女朋友，要跟他们家的小妹妹一起睡。吴迪也坚决反对，说要跟男主人一起睡。最后发现原来他们家包括爷爷奶奶全家人都睡在一个炕上，便只好接受了主人的安排，至少安排给他俩的地方还相对独立。因为只有一床棉被，吴迪说："你睡吧，我不困。"曾瑷看推脱不过，外套都没脱就钻进了被窝，吴迪则背对曾瑷，和衣躺下，两个人都扛不住累，很快便睡去。

　　半夜，暖气停了，吴迪被冻醒，他实在睡不着就悄悄地趴在曾瑷的身边，托着下巴看着曾瑷。只见曾瑷的身子紧紧地卷在被子里，一张小脸露在外面，长长的睫毛将她大大的眼睛盖住，小巧的嘴唇虽然闭着却含着笑意。吴迪像被催了眠似的，忍不住想去吻她。就在这时，曾瑷醒了，睁眼看到吴迪正注视着她，吓得刚想大叫，被吴迪的手一把捂住。曾瑷生气地推开他，坐起身来悄悄说道："你想干什么？"吴迪用一只手托着脑袋有点坏坏地说道："在这么一个大美人的身边躺着，让我怎么睡得着？"曾瑷用脚重重地踹了他一下说："那你就赶快滚下去！"吴迪突然灵机一动，坐起来对曾瑷说："反正都睡不着，我们出去看星星怎么样？"

曾瑷正好有些内急便同意了。吴迪拉着她悄悄走出毡房，曾瑷找了个草丛，让吴迪在旁边把风。曾瑷草草结束后向吴迪走去。吴迪突然大叫："有蛇！"吓得曾瑷一动都不敢动，吴迪实在憋不住笑说道："骗你的，没有蛇，是只青蛙。"说完哈哈大笑起来。

曾瑷气得要打吴迪，两个人在湖边追打起来。好不容易吴迪在一棵小树的后面将曾瑷抓住。夏日夜晚的喀纳斯非常寒冷，估计只有4~6摄氏度，曾瑷穿着单薄的夏衣，在风中显得那么娇弱，吴迪的心中涌起一股暖流，忍不住上前将外套脱下给她披上，并用双手搂住曾瑷的肩膀，深情地看着曾瑷说："我喜欢你，请你做我的女朋友！"然后一把将曾瑷搂进怀里。而曾瑷竟然没有拒绝，这给了吴迪更大的勇气，他捧起曾瑷的小脸轻轻地吻了起来……此时夜幕下的喀纳斯是那么的美丽，幽静而神秘。卧龙湾如梦似幻；天上的繁星从来没有这么清晰过。尤其是北斗七星，好像随手就可以摘下一颗来似的。这迷人的风景让人想起《莫斯科郊外的晚上》这首歌：

深夜花园里四处静悄悄

只有风儿在轻轻唱

夜色多么好

心儿多爽朗

在这迷人的晚上

夜色多么好

心儿多爽朗

在这迷人的晚上

小河静静流微微泛波浪

水面印着银色月光

一阵轻风一阵歌声

多么幽静的晚上

……

这样不知过了多久，曾瑗突然清醒过来，耳边响起妈妈说的话：千万别找个北方人回来！脑海中突然又跳出张阳的脸庞，她一把推开吴迪，跑回了毡房。留下不知所措的吴迪在后面追赶。

牧民家中没有电话，这一晚张阳和其他同学在山下焦急不安。天亮后他们俩告别了牧民，赶早班车下山找到了大部队，大家这才放了心。同学们追问昨晚他俩的行踪。他俩告诉了大家，并说住了一晚蒙古包，这让大家羡慕不已。而曾瑗和吴迪自那一晚之后，见面时都有一种尴尬的感觉，两人的眼神一会合就匆匆闪开。吴迪对自己一时的冲动有些懊悔，也不知道曾瑗心里真实的想法，心里忐忑不安，很想找机会向曾瑗问个清楚，可曾瑗不理他。而张阳看着他俩，觉得有点情况，决定不能再拖了，一定要将心中的话告诉曾瑗，假期一回上海就要找曾瑗表明心意。

第十章 黄埔江边

结束了新疆之旅，大家依依不舍地踏上了回家的旅程。吴迪和梦源一起回百安，张阳和曾瑷买了卧铺票一起回上海。由于同学们买的车票不是同一个车次，所以在火车站相互告别后，分别上了不同的列车。

两个人的旅行有些寂寞，曾瑷托着下巴坐在车窗边看风景，张阳几次想要问她那晚在喀纳斯究竟发生了什么，几次想要向曾瑷表白，可都没有勇气，总是想着到下一站一定要说！但一直没有勇气说出口。

随后的日子里，张阳经常来看曾瑷，他俩经常一起去图书馆看书，张阳还报了一个英语口语培训班。曾瑷父母对这个沉稳懂事、积极向上的男孩印象非常好，并邀请他的父母共进晚餐。在黄浦江畔，外滩边上一家环境典雅的西餐厅，两家人见面了，由于张阳的父亲和曾瑷的妈妈都在教育界工作，他俩有许多共同语言。两家人一见如故，相谈甚欢。张阳的父母看曾瑗知书达理、美丽大方，又听张阳说曾瑗在学校能歌善舞，对曾瑗赞不绝口。

晚饭后，张阳约曾瑗去看电影。正好在演根据路遥同名小说改编的《人生》，当看到刘巧珍为了高加林而去找村支书求情的时候，张阳悄悄地握住了曾瑗的小手，曾瑗一惊，有点不知所措，慢慢地抽回了手。这一举动使张阳泄了气，想说的话又没敢说出口。看完电影后，张阳又不敢越雷池半步，便送曾瑗回家了。

曾瑗回到家中，曾妈妈忍不住对她说："我看张阳这个男孩不错，人老实懂事，是个过日子的人。他们家也是读书人家，他妈妈还是个医生，和我们家也算是门当户对，这些因素都是将来成家必须考虑的，曾瑗你可千万不要给我找个北方人回来哦！否则生活习惯不一样，将来也会有很多矛盾的。另外，我也提前跟你说一声，你毕业后是一定要回上海的，到时我们决不允许你再任性了！"曾瑗听了觉得很烦，眼前闪现出吴迪的身影，想起喀纳斯，想起晚自习、想起路遥事件……想起那晚他温软的嘴唇、难忘的初吻，那句滚烫的"我喜欢你"，心想这家伙怎么连封信也没有啊，也不知到底是怎么想的。是不是一时冲动，现在后悔了？其实曾瑗对自己的感情也充满了纠结和茫然。耳边响起《上海滩》的主题曲：

浪奔浪流

万里涛涛江水永不休

淘尽了世间事

混作滔滔一片潮流

是喜是愁
浪里分不清欢笑悲忧
成功失败
浪里看不出有未有

爱你恨你问君知否
似大江一发不收
转千弯转千滩
亦未平复此中争斗

第十一章 古城家宴

　　就在张阳和曾瑗回上海过暑假的日子里，吴迪和梦源也回到了百安家中。吴迪给曾瑗写了一封信，可突然想起竟然没有曾瑗家的地址！他感到十分懊悔。

　　吴迪的父亲吴泽凡本来安排他假期去供电局办公室实习，他觉得没意思，便去了爷爷店里帮忙卖布。说起吴迪的爷爷，那可真是个了不起的人，他19世纪末出生于安徽泗县，小时候上过私塾，写得一手好字和好诗。长大后，来到江南做生意，本着诚实守信的原则，生意做得顺风顺水。"文革"时期回到了安徽老家，虽然做不成生意使他心情十分郁闷，但他始终保持着乐观的精神。70年代初，爷爷被大儿子也就是吴迪的爸爸接到了陕西，在百安市住下来。改革开放初期，在他年近七旬时，重操旧业，先是摆地摊，后来开办了吴老汉布庄，每日他都骑自行车去吴老汉布庄上班。他不想靠儿孙们养着。由于他做生意诚实守信，并推崇古代商圣范蠡主张的"逐十一之利，薄利多销，不求暴利"，所以吴老汉布庄的口碑在当地非常好，俨然成了当地的金字招牌，小本生意做得顺风顺水。他还经常教育他的 9 个子女、17 个孙子、4 个重孙要"本分做人，不能偷、不能抢，更不能欺负人"。

虽然没有固定收入，但他并不看重钱财。每次儿孙们孝敬他，他都加倍返还给儿孙。店里挣的钱也经常拿去救济有困难的人。这种大气豪爽的性格对他的儿孙们产生了深远的影响，吴迪身上那种热情仗义的性格就颇有他爷爷的影子。他还喜欢喝酒，每顿都要喝点小酒，还爱吃肉。有快乐当作下酒菜，他的每顿饭都吃得很香。逢年过节他喜欢吟诗作对，并亲自挥毫。他的身上，让人感受到的是一股乐观向上的能量，他身上散发出来的朝气有时连年轻人都自愧不如！在他的店里可以看到他自己写的小诗：

我的生活
一日三酒，酒酒不醉，
每日五餐，餐餐少食，

夕阳红
夕阳无限好，欢度夕阳红……

闯关
九十高龄闯五关，闯过一关是一关。
闯过一年九十五，再闯五关一百年，
百年已过一百岁，活到百二再升天！

多么豪迈的气魄！多么潇洒的性格！爷爷乐观开朗的性格吸引着吴迪每日都要来店里帮忙，吴迪不仅能学到做生意的本事，还能学到不少做人的道理。吴迪每天骑着自行车穿梭于布匹市场和家中，不到一个月就赚够了下学期的生活费。在打工的同时，吴迪的心里也不时浮现出新疆喀纳斯那美丽的夏夜，他觉得暑假是如此漫长，他好想知道曾瑗对他到底是什么样的态度。他从来没有这样盼着赶快开学。

而这期间梦源找了他好几次，约他去逛街看电影，他都拒绝了。

一个周末，梦源拎着礼物来到吴迪家，她带来的是一款非常适合中老年人使用的按摩器。吴妈妈一开门就认出了她，上次在医院吴迪受伤时见过面，于是赶忙让梦源进屋，聊了起来。听说梦源的爸爸是百安市非常有名的好运集团董事长，又觉得梦源懂事、孝顺、情商高，对梦源印象很好，就留她在家吃晚饭，并带她到吴迪的房间参观。在等吴迪回来的时候，梦源在他的房间无意中看到吴迪写给曾瑗的信，知道他心意的梦源决心要争取到底，绝不放弃。

不一会儿，吴迪回来了，吴迪的爸爸也由司机送回来了，他们见到梦源觉得很意外。饭桌上，吴妈妈非常殷勤地给梦源夹菜，吴迪有些心不在焉。晚饭后，吴妈妈让吴迪送梦源回家。梦源支走等在门口的司机，让吴迪用自行车载她回家。到了梦源的家门口，梦源忍不住大胆地向吴迪说出了那四个字："我喜欢你！"吴迪一愣，推开从身后抱住他的梦源的手，轻轻地说了声："对不起！"梦源又急又气地追问："你是不是喜欢曾瑗？"吴迪没有回答，转身走了。

梦源回到家，赌气地往床上一躺，她的母亲看出她不高兴，就关心地询问起来。

梦源将自己的心事告诉了母亲。母亲一听吴迪的家境就非常有兴趣，梦源的母亲是一个典型的生意人，泼辣、精明，她马上想到如果跟吴迪这样的家庭联姻对他们家的生意会是多大的帮助啊，她夸女儿有眼光，说是会找她爸爸出面帮忙的。梦源听了很高兴。

晚上任妈妈跟任爸爸说起了女儿的事情，任爸爸说孩子的事，尤其是恋爱这种事就不要管太多了，让他们自己处理比较好，强扭的瓜不甜。任妈妈听了很不高兴，说他不关心女儿，并且说就算成不了亲家，多结交一下像吴迪这样的家庭，对家族的事业也是很有帮助的。任爸爸拗不过就答应请吴家一起吃饭。

由于好运集团是百安市的纳税大户，所以任爸爸的邀请没有遭到拒绝。晚宴安排在集团的宴会厅举行，环境优雅，还有舞蹈和古筝表演。双方父母相谈甚欢，任爸爸人很胖，皮肤很白，嗓门很大，是个典型的商人。他一边殷勤地给吴爸爸夹菜，一边表达着希望能找个好女婿继承家业的心愿。吴妈妈也在旁边补充说希望两家能强强联合，共同发展。梦源殷勤地给长辈们倒茶，只有吴迪心不在焉。吴爷爷也来了，他看出了吴迪不太乐意，吃到一半时，便找了个借口让吴迪先陪他回家，弄得吴妈妈好没面子。

路上吴迪非常高兴地对爷爷说："太谢谢您啦爷爷，我正想溜，却找不到理由，爷爷，您太仗义了！"

吴爷爷说："其实我觉得那个任小姐不错啊，人长得漂亮，家境也不错，跟我们家也算是门当户对，你为什么不喜欢人家？我是看你心不在焉，帮你解围，否则这还真是门好亲事。"

吴迪一听急了："爷爷您这是帮我还是劝我啊？反正我不喜

欢她。”

吴老太爷说：“那你是不是有心上人了？”

吴迪赶紧掩饰道：“没有没有，我只是不想这么早谈恋爱而已。”祖孙俩一路上有说有笑地回家去了。

吴爸爸和吴妈妈回来后很生气，责怪儿子半路出逃不给面子。

第十二章 潮起潮落

假期结束了，同学们从四面八方又回到了百安古城，开始新学期的生活。吴迪去火车站接回了张阳和曾瑷，曾瑷因为喀纳斯的事，因为假期没收到吴迪的任何消息还在生气，所以故意当着吴迪的面拉着张阳的手，并告诉吴迪说假期见过张阳父母了。吴迪心里酸酸的。而洪苹果则早早就让同学们去火车站接她，说是给每个宿舍都带了新疆哈蜜瓜、西瓜、葡萄干，因为太重她一个人拿不动，吴迪便带着几个男生又去接了。接回洪苹果，大家一边吃着新疆水果，一边回忆暑假难忘的新疆之旅，大家都觉得新疆人太豪爽了，都说什么时候有空还想去，因为还有好多地方来不及去，比如那拉提大草原、巴音布鲁克、天鹅湖、塞里木湖等，没去的同学听着大家的言谈都很向往。同学们不停地谈论着假期的趣闻，宿舍里热闹非凡。

一天中午，吴迪好不容易看见只有曾瑷

一个人在操场，就逮着机会抓住曾瑗往没人的地方走，曾瑗生气地想摔开他的手，可是怎么也摔不开。好不容易停了下来，吴迪看着曾瑗的眼睛说："你知不知道整个假期我有多想你，你到底愿不愿意做我的女朋友？"曾瑗看他凶巴巴的样子，心里本想说愿意可到了嘴边却变成："你这个人怎么那么讨厌，又凶又霸道，又是北方佬，我不喜欢你！"然后一溜烟地跑了，留下吴迪愣在那里。吴迪好不容易鼓起的勇气一下子消失殆尽。而这一幕正好被时刻关注吴迪的梦源看到了，她的心中又燃起了希望。

开学后，同学们又恢复了每日教室、宿舍、食堂三点一线的生活，吴迪、张阳和曾瑗好像也很满足现在这种三人行的状态，虽然他们心中已起了波澜，但谁也不愿意去打破这表面的平静，似乎深怕这纯洁的友谊不复存在，而努力去保护这靖华3S的神奇组合。一切似乎也没有改变。他们一起去食堂吃饭、一起到教室上课，吴迪每周末照常去乐队吹小号，张阳经常在校广播站播音，曾瑗则组建了系舞蹈队，经常带大家排练节目。他们的心中都有渴望，却都没有说出口。

快乐的时光就这样静静地流淌，校园里的食堂，大家除了对伙食有意见，觉得价格太高、品种太少、太难吃之外，其他都感觉挺好的。但可能是因为民以食为天吧，对食堂有意见的人越来越多，因为吴迪是系团总支书记，人缘好，组织能力又强，所以大家纷纷找他投诉，并鼓动他作为学生代表向校方反映情况。在多次投诉无效的情况下，吴迪的英雄主义情怀被激发，他号召大家集体不去食堂吃饭。连续三天，学院各大食堂冷冷清清，师傅们做好了饭菜，摆在那里，可是同学们都不去吃。虽然洪苹果几次经过食堂都说饭菜不吃多可惜啊，还不用排队，但她也就没敢进去。那几天，大家要不吃方便面，要不到校门口的食街吃最便宜的扯面，到第三天时大家都说校方再不出面就快撑不住了。第四天，学院领导看这样僵持下去不是办法，生怕学生们饿坏了身体，或在校外吃坏了肚子，便派代表与学生对话，同意调低菜价，丰富品种，提升质量，同学们欢呼雀跃起来。

曾瑗虽然不赞同吴迪带头抗议食堂，觉得应该采取其他方式进行沟通以解决问题，同时也担心吴迪因为这件事会对他将来有什么不好的影响，但看到吴迪勇敢无畏的态度，富有感染力的演说，强大的号召力和组织能力，她觉得自己更崇拜他了。喜欢吴迪的女生也更多了。大家都把吴迪当作了校园英雄。吴迪还收到了好多暗恋他的女孩的来信，可他毫不动心。任梦源也非常积极地支持吴迪的活动，那三天还悄悄在校外买好小炒给吴迪送去。而曾瑗刚在宿舍里学起了织围巾，大家都笑着问她这是给谁织的。其实曾瑗心里真的不知道这围巾将属于谁。

就在同学们还沉浸在伙食改善的喜悦中时，百安市忽然下起了大雨，连续一周的暴雨将学校周围正在挖掘的引水工程的大坑填得满满的。校园的周围好像被一条河环绕，进出非常不便。市区的多条道路出现了塌方，多条铁路线也暂停了运行。这时已临近假期，同学们都在为能不能准时放假回家而担忧。外地的家长从新闻上听到消息也都挺着急的，他们担心着孩子们的安全。

一天上午，曾瑗他们班要到南校区上课，当时风大、雨大、雷声大。大白天的天却黑得像是晚上，而从宿舍到南校区要经过那个被大水淹没的两米多宽，深达三米的大坑。坑上用木板临时架起了窄窄的木桥。曾瑗她们本来想翘课不去算了，但那天是高等数学的一堂测试课，在南校区的阶梯大教室，不去的话会影响期末成绩。所以大家还是冒雨前往。

同学们打着的雨伞，被大风吹得东倒西歪，个个都淋湿了全身。这时只听"啊"的一声，有同学脚下一滑，掉下桥去，是洪苹果！她不会游泳，在黄色的浑浊的水中挣扎着，时隐时现，在这深达三米的深水坑，水流又急，还有施工用的钢筋铁架在水里。曾瑷她们惊慌得大喊："来人啊，救命啊！"就在这危急关头，只见一个矫健的身影一跃而下，跳入水中，是吴迪！他沉着地从后面抱住身体丰满的洪苹果，在路边同学们的帮助下将苹果救上来了。吴迪和苹果的身上被钢筋划伤了好几处，幸好没有大碍。但大家都心有余悸。而吴迪再次成为全校同学心中的英雄。曾瑷的心中也再次泛起了涟漪……

学院领导听说这件事后，紧急召开党委会议，因为临近假期，而校园外引水坑里的积水在短期内很难完全退去，为了大家的安全，果断决定提前放假，同时对吴迪进行了表彰。

吴迪本想约曾瑷、张阳等同学到他家去住段时间，但曾瑷说父母很担心她，想早点回家。吴迪虽然担心她路上的安全，但看有张阳陪着一起走，虽然内心有些酸酸的，但还是放心了许多。

第十三章　回家途中

　　曾瑗和张阳赶紧去买火车票，由于百安市多所院校都提前放假，所以已没有坐票只有站票了。他们顾不得那么多，归心似箭。由于全国多地连日暴雨，造成铁路沿途多处塌方，本来2天2夜的路程，走了1天才走了三分之一。车上拥挤不堪，连过道、厕所都挤满了人。有人甚至睡到了行李架上。车厢内闷热，人挨着人，上个厕所都困难，更别说吃饭、喝水了。一路上因为人满为患，所以到站时经常也不开门，有些人就从窗户爬进来，那场面是曾瑗从来都没见过的。车厢里汗味、厕所里的臭味混在一起让人都快要窒息，最难过的是列车走走停停不知道什么时候才能到家。曾瑗心想幸亏有张阳，否则她都不知道该怎么办了。

　　曾瑗正浑身难受得不行，快到郑州的时候，有人下车，还是靠窗的，张阳赶紧帮曾瑗抢到了座位让她坐下。他自己则在旁边守着。由于车内空气太混浊，曾瑗将窗户打开想透透气。可打开没多久，突然窗外飞来一把小石子，砸中了窗户和靠窗的好几位乘客，有的手臂被砸到了，有的前胸被砸到了。曾瑗大叫一声，她被砸到了右眼！右眼当场就视力模糊，看不清东西，并肿了起来。张阳着急地说要不要我们在下一站马上下车去医院，因为从这里到上海还有近大半的路程呢。曾瑗说先广播找医生看看吧。因为车上很挤，广播了好久才来了个医生看了看曾瑗的眼睛说不要急，还是能撑到上海，不用急着下车。这时乘务员告知他们是一群调皮的孩子往车上扔石子又遇到大风加速所致，并告诫大家要注意安全，不要将车窗打开。一路上曾瑗觉得头疼，张阳一会儿给她端茶，一会儿给她讲笑话，照顾得无微不至。曾瑗好感动，她在心里默默地将张阳与吴迪做比较，觉得他俩一个热情帅气重情义、一个成熟稳重有内涵。跟张阳在一起她感觉自然放松平静，而跟吴迪在一起感觉心跳加速、呼吸都有点困难。

好不容易熬到了上海，曾瑗本想打公用电话让家里人来接，可张阳说："都这么大了还让家人来接啊？况且有我呢。"曾瑗就没好意思打。出站的时候，经过几天几夜的长途奔波，他们有点衣冠不整，曾瑗又肿着一只眼睛戴着墨镜，看起来好像难民。而在检票口他们被一个凶神般胖胖的检查员拦住，说是要验票。曾瑗一摸口袋发现票没了，口袋还被划了道口子，张阳的票也放在她这里，一定是在火车上不知何时被人下了手。那个检票员就是不听他们的解释，还将他们带到办公室，他的几个同事像审犯人一样审问他们，任凭张阳怎么解释也没用。曾瑗没想到平时那么文弱的张阳竟然会为了她差点跟人动粗，心中感动不已。几个人将他们所有的行李倒在地上进行检查。最后在曾瑗笔记本夹层里找到了她特意藏起来的一百元钱，说是交了罚款才放他们走。曾瑗又气又急，眼睛又疼，第一次感受了无可奈何，晕倒在张阳怀里。

张阳连家也没回背着曾瑗叫了辆的士，直接送到他妈妈所在的医院。他打电话叫来了曾瑗的父母。他们见到女儿，大惊失色，听张阳讲了经过，气得要去找火车站的人理论，张阳劝道："伯父伯母，还是先给曾瑗看眼睛吧。"张阳妈妈给曾瑗安排了他们医院最好的眼科医生。

医生给曾瑗做了检查说是因为身体太虚弱又受了刺激，不要紧，但受伤的眼睛必须马上处理，否则天气热会发炎。他们先给曾瑗输了液，说是第二天再治疗眼睛。

在父母焦急的等待中，曾瑗醒了过来，发现张阳连家都没回，还陪在身边，脸上胡子拉渣的，看得叫人有些心疼，心里非常感动。而上海的医院，医生的医术还真的是非常让人放心，他们说只要在曾瑗的眼部打一消炎针，回家按时滴眼药水就可以了。医生没有给曾瑗打麻药，让四名护士将她的手脚按住，曾瑗忍着剧痛挨了一针。由于医生处理妥当，所以曾瑗的眼睛没有留下什么划痕，相反右眼的视力还比从前好了。

而双方家长看到孩子平安回来了，都长长吁了一口气。而曾瑗想起母亲说的：如果一个人跟你旅行了一次，你还不讨厌他，那么这个人就是值得交往的人，因为在旅行中你可以看出这个人身体是否还好，生活习惯怎么样，大不大方，遇到问题时如何解决，跟周围的人怎么样相处，对你好不好。曾瑗觉得张阳这几点都做得很好，并回想起了路上的种种。比如遇到堵车时他不急不燥，还劝曾瑗看书等待；夜晚让曾瑗先睡他在一旁守着；虽然一路上条件艰苦，火车上经常没有水，但张阳都尽量争取有机会就去刷牙洗脸，还顺便给曾瑗带个湿毛巾回来。他的细心和体贴让人深感他是个典型的上海顾家好男人。不过当时的曾瑗和张阳一心只想着赶快安全到家，其他的都顾不上了。

曾瑗的父母也非常喜欢张阳，都希望张阳能成为他们的女婿。

他们在家待了不到一个月就接到学校的返校通知，两个人坐上火车匆匆回校了。回校后同学们谈论着回家的经历，那真是各有各的惊险。林明心同学还差点被火车撞了，大家刚看到他时整个人瘦得只剩下皮包骨，说是回家时因为赶火车，人太多非常混乱，差点被火车撞到，被惊吓后胃出了问题，吃下去的东西倒流回胆里，医生说是胆汁倒流型胃炎，俗称吓破胆了。大家都为他还活着感到庆幸。而听了曾瑗路上的经历，眼睛都差点瞎了，大家更是唏嘘不已。

回校后同学们仿佛一下子长大了不少，比以前珍惜校园生活了。

吴迪听说了曾瑗的事，很想单独慰问一下，可都没有机会，心里不免有点悻悻然。

第十四章　爱的宣言

经过了一段时间的休整，校园里又恢复了平静。

系里准备对几位入党积极分子进行考察，吴迪是其中一位，但有人说他是上次食堂事件的带头者，做事有些冲动，系里决定再考察一段时间，暂不考虑他的入党问题。

同学们都为吴迪打抱不平，说他还是救人英雄，学校怎么不考虑这点？但吴迪却一副无所谓的态度，说是真金不怕火炼。吴迪的父母知道了这件事情，都怪他不懂事，吴妈妈告诫他将来到社会上环境更加复杂，千万不要一时冲动而影响自己的前程。

经过上次暴风雨事件，又经历假期短暂的离别，吴迪深感人生无常，有些事想做就赶快去做，不能再拖了。他决定约同学们去他家玩，并想在那时给曾瑗一个惊喜。他叫上曾瑗宿舍的女生和他自己宿舍的男生一起去家里过周末。由于吴迪的爸爸是百安市副市长，所以他们家住在市委大院里，门口还有警卫兵，一进门就能看见墙上挂着吴迪父亲与中央领导的合影。因为是周末，吴爸爸也在家休假，他是一位非常开朗风趣幽默的长辈。听吴迪说他爸爸15岁时离开安徽老家，外出当兵，在军队里历任排长、团长、参谋长、师长，后转业到地方，历任民政局长、市工商局长兼党委书记，经常在百安市电视台新闻节目中出现。因为小时候家里穷，吃过很多苦，完全是靠个人努力才有今天，所以他非常珍惜现在的生活，是个廉洁正直的干部。

除了在工作上坚持原则之外，吴爸爸作为家中的长子对待父母非常孝顺，对待弟妹也非常爱护。有一年冬天，他的母亲也就是吴迪的奶奶突然患病，当年她已66岁。吴爸爸赶紧带她去医院检查身体，没想到竟然是子宫癌晚期，医生说让病人回家待着，好吃好喝地养着就行。

家里人一听，她的九个子女哭成一团，一筹莫展。吴爸爸说："我不甘心，我要救妈妈！"当时已在军队担任某师师长的吴爸爸向部队请了假，与五弟一起背上母亲，准备先带母亲到各地走走看看，同时积极探访医生给母亲看病。就这样他们瞒着母亲关于她的病情，开始了旅行。有一天在去安徽老家的列车上，他们无意中听说广州有家医院在这方面有成功的病例，便马上南下将母亲送去医治。

吴爸爸性格开朗，能歌善舞，在医院里很快和医生、病人打成一片，他亲自做饭给母亲吃，帮母亲擦身，还自编快板哄母亲开心。整个病房里充满了欢声笑语。由于吴奶奶平日里很少吃药，加上孩子们骗她说是出去旅游，顺便检查身体，所以她没有什么思想负担，很多药别人吃了没用，她一吃就管用，放疗化疗别人做很难受，她做了竟然没什么反应，而且效果特别好。只用了一个疗程医生就说可以出院了。后来吴奶奶一直活到了86岁。

那天正好吴爸爸也在家，他非常热情地招呼大家。他个子很高，声音洪亮，大气开朗的性格像太阳一样温暖，他身上散发出来的人格魅力是曾瑷见过的人中最难忘的。

就在此时，吴妈妈和警卫员从外面买回一大堆吃的，并热情地邀请大家在家里吃饭。吴妈妈看到梦源后很亲热地上前打招呼，关心地问长问短，毫不掩饰她对梦源的喜爱。

不一会儿，开饭了，大家围坐在一起，吴爸爸要吴迪介绍一下同学。当介绍到曾瑷时，吴迪说道："爸爸妈妈，今天我要正式向你们介绍这是我的女朋友曾瑷。"曾瑷一听，吓了一跳，想反驳却说不出口。同学们也很惊诧，吴迪的父母更是大吃一惊。大家静默片刻，还是吴爸爸打破了沉寂，说："吴迪啊，你怎么也不早说，让我们也有个准备，欢迎欢迎，我们支持孩子们自由恋爱。"吴妈妈张大了嘴说不出话来，同学们则在旁边鼓掌起哄。吃完饭，吴妈妈马上把曾瑷叫到房间说是要跟她谈谈，曾瑷很不好意思地跟她进了书房。吴妈妈像审问犯人一样问曾瑷是哪里人，父母做什么的，年纪多大，家中有无兄弟姐妹、经济情况，跟吴迪谈恋爱多久了等等。曾瑷正为难着，吴迪冲了进来责怪道："妈妈，你这是干什么！"拉着曾瑷出了书房，替曾瑷解了围。而曾瑷则生气地对吴迪说："谁答应做你的女朋友啦！"她跑回客厅时，那里正欢声笑语，习惯了开大会，爱给人做思想工作的吴爸爸正在高谈阔论，告诫年轻人要好好读书学习，要有大志向和抱负，并给大家讲起他的童年趣事。而曾瑷发现张阳、梦源不见了，听洪苹果说他们先走了，曾瑷有些失落。等同学们都回去后，吴迪的妈妈非常紧张地将吴迪留下，很严肃地跟儿子说："她是一个上海女孩，将来会愿意留在百安吗？你要问清楚，否则我是不会让你去上海的，也不会答应你们俩的事。"而吴爸爸则在旁边劝道，孩子们的事你就不要管了。

自从吴迪宣布曾瑗是她女朋友后，曾瑗觉得吴迪都没有征得她的同意就贸然单方面宣布，她很不高兴，所以一直躲着吴迪。

但吴迪已下定决心，他每天早上早早地在曾瑗晨练的必经之路等她，给她送上一瓶水，并陪着一起晨跑；每天中午特意在食堂打小炒给曾瑗，晚自习结束后又送曾瑗回宿舍。

一个周末的晚上，吴迪约曾瑗去参加舞会，作为乐队队长，他的队员们精心布置了会场，在浪漫的旋转灯光里，吴迪弹着吉他，深情地唱起 Beyond 的《喜欢你》：

喜欢你

那双眼动人

笑声更迷人

愿再可

轻抚你

那可爱面容

挽手说梦话

像昨天

你共我……

然后缓缓地走下舞台，走向曾瑗，对大家说："我要将这首歌献给你——我最爱的人。"他的长笛手还冲上前来给曾瑗送上一束鲜花。

在同学们的哄笑中，曾瑗终于答应了吴迪，两人走到了一起。

而张阳听说这一消息后，默默地将自己全部的心思投入到学习当中，一心准备考研。

第十五章　经受考验

自从吴迪与曾瑗走到一起，许多女生对曾瑗既羡慕又嫉妒，觉得曾瑗抢走了她们的白马王子。而梦源更是非常伤心，自己好不容易喜欢上一个优秀的男生，却被别人抢了去，所以她对曾瑗充满了敌意。有一天晚上，曾瑗和吴迪在湖边约会，回到宿舍时有点晚，梦源在宿舍里想象着他们俩在一起的情景，越想越妒火中烧，就将宿舍房间的门反锁了。曾瑗回来后怎么也打不开，只好大声敲门，舍友们以为她没带钥匙，都责备她影响了大家休息。宿管老师也批评她，说是下次再这样就要罚她扫厕所。曾瑗感到十分委屈。第二天早上，曾瑗起得比较晚，最后一个离开宿舍。中午大家回到宿舍，突然发现宿舍里的东西被人翻过，大家赶紧报案，但检查了一遍发现每个人都少了一条丝巾，唯独曾瑗什么也没有丢。

梦源说："今天上午谁最后离开宿舍?"

　　曾瑗说是自己。梦源说："全宿舍就你没有丢东西，你又最晚离开，宿舍门也没被撬，你的嫌疑最大。"曾瑗非常生气，说道："你这话是什么意思，难道我会做这种事？"虽然这件事最后也没查出结果，但梦源到处去说，曾瑗觉得非常难过。吴迪听说了这件事，找到梦源，非常严厉地对她说："如果你以后再敢说曾瑗一句坏话，我就对你不客气了。"

　　从此以后梦源对曾瑗总是不理不睬，虽然曾瑗私下找她多次，想跟她和好如初，但都无济于事。梦源还是经常在小事上为难曾瑗。因为宿舍没有暖气，睡觉前大家都要用热水泡一下脚，以此来驱寒。有好几次曾瑗早上打回来的热水，晚上想洗脚时水就没了。后来才发现是被梦源倒掉了。

　　有一天晚自习后曾瑗回到宿舍，无意中在门口听到梦源在里面说她的坏话，说她就是图吴迪是"官二代"才和他在一起，这让曾瑗十分生气。在学期开学改选班委的时候，梦源私下与班上几个嫉妒吴迪的男同学联系，准备来一次"政变"，将吴迪拉下来。但因为吴迪的人品和能力大多数同学都是认可的，所以就没有得逞，吴迪最后还是以高票再次当选班长，并保持了连续四年都是班长的记录。

　　快毕业时，系里要讨论吴迪的入党问题，梦源跑到系辅导员那里说吴迪谈恋爱不能入党。但吴迪不畏人言，曾瑗对吴迪更佩服了，也更加深了要与他在一起的决心。系里考察了吴迪一贯的表现，觉得他能力强、人品好，又有英勇救人的光荣事迹，还经受了组织对他的考验，最终决定吸收他为预备党员。

　　曾瑗没想到因为与吴迪恋爱，宿舍里从前那种欢乐的气氛不再，还引发了那么多事，她很想对梦源说对不起，但感情的事真的没有办法。从小在南方城市长大的曾瑗，在与吴迪交往的过程中，深切感受到北方男孩的大方爽朗和阳刚之气，尤其他身上没有那种世故和虚伪。他做人做事一点也不功利，绝对不会因为有利可图才与谁交往，而是凭着真心，对朋友非常大方忠诚。曾瑗从小接触的南方男孩，虽然温柔体贴，但她总感觉他们身上好像缺少点男子汉气魄，尤其是一些南方男孩，与人交往的目的性太强，有点小家子气，这最让曾瑗受不了。曾瑗已经深深爱上了这个有点霸道、有点任性的吴迪。

而吴妈妈知道儿子恋爱的事之后，非常担忧。她亲自跑到学校找到梦源，说她才是自己心中的最佳人选，希望梦源不要放弃。有一天，吴妈妈骗吴迪说晚上要和爷爷一起吃饭，私下里却约了梦源和她的父母，吴迪为此非常生气，离座而去，只留下梦源和双方尴尬的父母。

同时吴妈妈私下里找到曾瑗，说她跟吴迪恋爱就像挖了她的眼睛一样，是将她最珍爱的宝贝抢走了。

吴迪知道了母亲的所作所为非常生气。可恋爱中的男女，越有阻力他们越想在一起。所以吴迪和曾瑗走得更近了，他们想在一起的决心更大了。

第十六章　再见百安

转眼假期又到了，这是吴迪、曾瑷恋爱后的第一次分离，他们依依不舍地在火车站告别。张阳则一如既往地像大哥哥一样对曾瑷照顾有加。曾瑷很感动，问道："张阳，你为什么对我那么好？"张阳笑而不答。

回到上海，吴迪的一封信引起了曾瑷妈妈的注意，她偷偷地拆开来看，发现女儿恋爱了。她担心的事真的发生了。

她找来曾瑷，很认真地对曾瑷说："你是不是恋爱了，也不告诉妈妈？"

曾瑷不好意思地说："没有啦，才刚开始，所以没告诉您。"

曾妈妈问："是个北方人？那你将来打算怎么办？"

曾瑷说："妈妈，您放心啦，我不会留在百安的，我会回上海的。"

曾妈妈说："那他会愿意吗？"曾妈妈详细了解了吴迪的情况，劝曾瑷说："你们俩真的不太合适，因为他父母在百安的基础那么好，是不会轻易让儿子离开的，而且这样对他个人的发展也不好。因为不管到哪里，他都不可能有那么好的背景和基础，靠他个人会很难的。尤其是他一个北方人，如果到上海来，会不习惯的。而如果你留在百安，那么你一个南方女孩可能也会不习惯，而且父母、亲人都不在身边，刚开始可能还可以，但在一起生活难免磕碰，万一将来吵架了，你连个说话的人都没有，谈恋爱不是闹着玩，尤其对于女孩子来说，更要慎重，这关系到你一辈子的幸福，你一定要三思。我觉得还是张阳比较适合你。"

热恋中的曾瑗哪里听得进母亲的劝告，她觉得只要有爱，一切都不是问题。她觉得母亲想得太多了，还说母亲太现实，只要吴迪真心爱她就可以了。

曾妈妈将此事告诉了曾爸爸，平时不善言辞的爸爸也忧心忡忡地找曾瑗谈话，他旁敲侧击地问曾瑗为什么不喜欢张阳，曾瑗说她觉得张阳像一杯温吞吞的白开水，而吴迪则像一杯浓茶，让人回味无穷。爸爸说："其实白开水天天喝都不会腻，也最安全。而浓茶喝多了会失眠，久了也就跟白开水一样了。"他看劝不过曾瑗就嘱咐她女孩子一定要自爱，要守住底线，千万不要受到伤害。

这个假期曾瑗过得不太开心，因为自己和吴迪的事得不到父母的支持，她的内心有些不安。

很快大学生活只剩下最后一个学期了，吴迪和曾瑗的感情也到了经受考验的时刻，他们面临何去何从的选择。吴迪劝曾瑗留在百安，曾瑗劝吴迪去上海发展。吴迪的妈妈看吴迪那么喜欢曾瑗，知道无法阻拦，就瞒着他父亲找人给曾瑗安排了百安市国税局的工作。吴迪则被安排去百安市政府工作。

　　同学们听说吴迪妈妈给曾瑗安排工作，都非常羡慕，说是机会难得，而曾瑗十分犹豫，她还是想回到父母身边，虽然同学们都劝她说：如果你想今后的生活顺利一些，少吃点苦，你就留在百安吧。可一想到父母就只有她这么一个孩子，她不忍心。而且一想到真的要留在百安，她也觉得没有那么大的勇气。当年的大学是根据学生们的学习成绩、在校表现及生源地来决定毕业分配的去向。曾瑗品学兼优，所以学校给了她一次分配到上海市高校工作的机会。而且曾瑗的父母也劝曾瑗回到上海。此时的曾瑗内心矛盾万分。

　　吴迪看到曾瑗如此痛苦犹豫，他毅然决定不顾父母的反对，放弃在百安的一切跟曾瑗在一起。她去哪里，吴迪就去哪里！他告诉曾瑗："我不想靠父母，我相信凭着我自身的努力，一定会让你过上幸福生活的！"曾瑗感动得扑进了他的怀里，她对吴迪充满了信心，发誓要一辈子在一起，对他们的未来充满了信念！

　　而吴迪的父母听说儿子要跟曾瑗去上海，非常着急。吴迪的妈妈来到学校找到曾瑗说："吴迪是我最爱的小儿子，你这是要挖走我的眼睛！你们在上海只是普通人家，他跟你去上海，你能给吴迪什么样的工作？什么样的生活？你不要耽误他的前程！"

　　同时吴妈妈跟儿子说："生活不像你想象的那么简单，仅仅有爱情是不够的，爱情不能当饭吃，还有很多很现实的问题，你在百安一切都是现成的，有你爸爸在，你的事业会有一个很好的平台和起点，你可以少走很多弯路，少吃很多苦。我们家在百安的人脉和资源不是你在上海能拥有的，如果你一个人在外地白手起家，靠个人奋斗，那会很辛苦的，尤其是上海，那里的人是很排外的，而且那里的气候、饮食你都很难适应，光是上海话你都听不懂，如果你一意孤行，到时候你不要后悔！"

开明的吴爸爸表面上不反对，但也找儿子谈话，旁推侧引地劝说儿子要三思而行。

尽管如此，还是动摇不了吴迪和曾瑗在一起的决心。吴迪决定到了上海再找工作。

而此时的张阳接到了上海某名牌大学研究生院的录取通知书，他要继续深造，为他自己心中的理想添砖加瓦。

七月初的百安市有初夏清凉的感觉，校园里的学弟学妹们大都已考完试离校回家，校园里有些冷清。而毕业班的学生们正在收拾行李，宿舍里一片狼藉。曾瑗的舍友只剩下考上本校研究生的洪苹果，广东的梦南回广州了，云南的筱乔回昆明了。任梦源伤心之余准备出国深造。

送走了一个又一个同学，曾瑗站在窗前，瞧着窗外的美食街，有些伤感。她想起四年前的金秋刚来百安时，父母送她来校的情景，仿佛一切就在昨天，当年那个一点辣椒都不能吃的上海女孩如今却要求店家多多地放辣子。在七月的盛夏，他们就要离开这座不那么现代时尚的古城，她的心中充满了不舍和留恋，眼里泪花闪动。这里有最美好的青春记忆，她在心中默念："我爱百安！再见百安！"

吴迪说回家拿行李，让曾瑗他们在火车站等他。火车站的广播里播放着歌曲《等到明年这一天》：

只有离别时刻

才知时光短暂

纵有万语千言

难述心中留恋

今宵我的歌声

永远把你陪伴
明朝你的思念
也会把我挂牵
再见，再见，
等到明年的这一天
再见，再见，
等到明年的这一天

有许多大学生在这里送别，整个车站弥漫着浓浓的离愁别绪。有相拥而泣不舍离别的，有笑着挥手潇洒说再见的，有一个人独自离开的，有豪情满怀憧憬明天的……曾瑷和张阳左等右等，列车都要开了还没看到吴迪的影子，又联系不上吴迪。无奈之下只好先上了火车，离开了百安，离开了靖华大学。

一路上曾瑷心神不宁，担心着吴迪，张阳安慰她说可能是路上堵车，到了上海再联系也不迟。

第二部

红尘之中

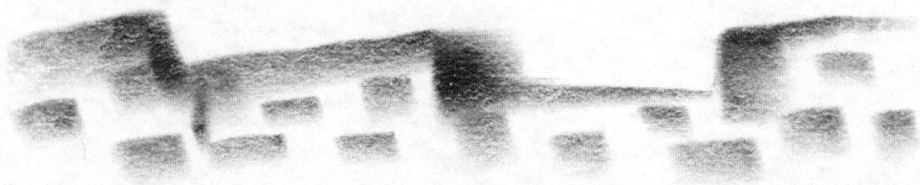

第一章 节外生枝

　　一到上海，曾瑗就赶紧给吴迪家打电话，可一直没人接。曾瑗的内心更加不安，她担心吴迪是不是出了什么事。她恨不得飞回百安，飞到吴迪的身边。她给还在读研的洪苹果打电话，让苹果去吴家看看情况。

　　苹果赶紧跑到吴家，可是家中空无一人，向门口的警卫一打听才知他们家的人刚刚都去了医院。苹果赶紧告诉曾瑗这一情况，曾瑗一听更着急了。

　　原来就在吴迪马上要出门的那一刻，吴妈妈想起自己在大兴善寺给儿子请来的平安符忘记拿给儿子了，就赶紧从抽屉里找出，一路小跑追上前去，院子里的小路被昨晚的一场大雨冲洗得像镜子一样光滑，吴妈妈走得太急，在一个路面不平的小坑处一脚踩了进去，当即摔倒在地，一股钻心的疼痛向她袭来，跟随跑出来的戴阿姨一看就大叫："吴迪吴迪，你妈妈摔倒了，你快回来。"吴迪听到院子里的呼喊，赶紧回头，看见母亲脸色苍白瘫坐在地，嘴里哎哟哎哟地叫个不停，赶紧叫人和阿姨一起将妈妈送往医院。

到了医院，医生诊断吴妈妈为腿骨骨折，上了药，打了石膏。医生说伤筋动骨一百天，让吴妈妈回家好好静养，不要乱跑乱动，每天换药，并嘱咐她一周后再来复查。忙了一整天，将母亲送回家后，吴迪赶紧给曾瑗家里打电话，电话是曾妈妈接的，吴迪让她转告曾瑗因为母亲摔跤骨折了，所以不能马上去上海。

吴妈妈虽然舍不得吴迪离开，但因为自己耽误了孩子的出行又浪费了车票，心中很是不安，一个劲地劝吴迪："你不要管我啦，赶紧去上海吧，这里有阿姨还有其他亲戚照顾我，你赶快走吧。"

看着母亲缠满绷带的脚踝，上厕所都要人帮忙，洗澡时又不能弄湿包扎的地方，再加上父亲又在国外考察不在家，一向孝顺的吴迪不忍心就这样扔下母亲，他决定等母亲伤好了再去上海。他给曾瑗打电话告诉了自己的决定。

曾瑗只好先去单位报到，那是一所隶属中国人民银行的财经大学。曾瑗一到学校就受到大家的欢迎，同事们都很热情，有人帮她拿行李，有人带她到各大部门熟悉环境，曾瑗觉得还是家乡好，感觉一切都好亲切。单位还给每位新来的老师分配了单身宿舍，一人一间，并且报销了从学校来单位的路费。这一切让曾瑗暂时忘却了对吴迪的思念和担忧。

离正式开学还有一个多月的时间，在此期间，吴迪给曾瑗打了好几次电话，让她安心在上海等他，他一定会来。曾瑗在家百无聊赖，对吴迪的思念有时让她胡思乱想，心神不定，时常担心吴迪是否会迫于家庭的压力不来上海了。她给洪苹果打电话，苹果劝她耐心等待，并让她相信吴迪，相信他们之间忠贞不渝的感情。

已办理好留学手续的梦源想在出国前请留在百安工作的几个同学一起吃饭，聚会时她听洪苹果说起吴妈妈骨折的事，知道吴迪还没有走，她决定去吴家看看。

第二天一早，梦源来到吴家，正碰到吴迪给母亲换药，她赶紧过去帮忙。趁着吴迪去拿绑带，吴妈妈拉着梦源的手说："唉，其实我真的很希望吴迪能留在百安，也真的很希望你们能在一起。"梦源说："伯母，你就不要再想太多了，安心休养，我会经常来看你的。"

说话间，窗外仿佛有个人影一闪就不见了。吴妈妈赶紧让吴迪出去看看，可是除了家中院子里的树影晃动，什么也没有看见。

原来是曾瑷在上海等得越来越不安，一急之下就飞回百安来想看个究竟。可是当她进到吴家大院时见到的却是吴迪、梦源一起帮吴妈妈换药及吴妈妈亲热地拉着梦源的手。她感觉自己似乎成了一个多余的人，一气之下就又飞回了上海。

吴妈妈看儿子人在百安心在上海，知道留得住人留不住心，就跟吴迪说："孩子，妈妈的脚也消肿了，后面就是靠慢慢养，家里还有阿姨，你整天在家也帮不上什么忙，你赶快去上海吧，我看你一整天心神不定的，你走吧，等在那边安顿好了就给我打电话。"

吴迪这几天正为给曾瑷家打电话联系不上，也没有接到曾瑷的电话而担忧，听母亲这么说，他打从心底感激母亲，他嘱咐了家中阿姨一些注意事项，告别了百安、告别了亲人向上海出发。

第二章　申城重逢

　　此时正是八月，天气十分闷热，从北方来的吴迪一下火车就被一股迎面而来的热浪烤得差点透不过气来。他按照曾瑗给他留的地址一路找去，想给曾瑗一个惊喜。

　　到了曾家，是他日思夜想的曾瑗开的门，可是，曾瑗的态度却让他十分意外，没有拥抱，没有欢迎，只有冷冷一句"你怎么跑来了？"

　　吴迪有些生气地说："还不是为了你，这几天你为什么都不给我打电话？好几次我打你家电话都说你不在。"

　　曾瑗说："你干吗不留在百安和梦源一起陪你妈啊，跑到这里来干吗？我那天去了你家都看见了。"

　　吴迪这才明白原来是曾瑗误会了，他急得满头大汗，赶紧将这一个月来发生的事情及那天的情形解释给曾瑗听，曾瑗看他着急的样子知道是自己错怪了他，心中暗喜，破涕为笑，并接过他肩上的包，让他先在家中住下。曾瑷说："我还以为咱俩要像天上的浮云，像人间的清风，擦肩而过了。"吴迪听后给了她一个大大的拥抱。

晚上，曾瑷的爸爸和假期里在单位加班的妈妈回来了，他们对这个北方来的男孩不太欢迎。因为他们的心中早把张阳当了准女婿，所以对吴迪不冷不热。

曾瑷趁着还没开学，陪吴迪到处找工作，但并不顺利，因为他觉得如果在百安随便都可以找到一个当公务员的工作，在上海也做这些工作就没有什么意思了，他想要做出一番大事来证明给父母和曾瑷看，证明自己的选择是对的，不用靠父母，不用靠背景、关系也一样能闯出一片天地来。他要向全世界证明，他的爱是纯粹的，不含任何杂质！他拒绝了曾瑷父母及张阳给他介绍的公务员、事业单位及银行的工作，准备到企业去。最后，吴迪好不容易找到了一份在一家贸易公司里当业务员做销售的工作，他想先做做看，如有其他合适的工作再换不迟。但工作单位离曾瑷学校很远，没有直达车，先要坐摩托车到车站，再坐 30 分钟的中巴，最后还要等半小时才来一趟的通勤车才能到达曾瑷学校。有时等车不顺利，前后要近两个小时才能到达。

曾瑷开学后的第一个月工资加上教师节、国庆节的过节费是一笔不菲的收入，曾瑷高兴地给父母买了礼物，并给外婆包了红包，还给吴迪买了一条项链，说是要将他永远套住。为了方便工作，曾瑷住到了学校的单身宿舍里，学校提供了免费的全套家具，同时还有许多那年一起分到学校来的同事。年轻人在一起有说有笑，每天都过得很开心。

爱的力量是强大的，每到周末，吴迪都不辞辛苦，赶到学校与曾瑷相会。他俩谈论着工作中的趣事或是诉说心中的烦恼，感觉一点儿也不辛苦。虽然曾瑷是一个人住，但每次吴迪来看曾瑷，不管多晚，她都将吴迪带到男生宿舍，看谁正好周末不在宿舍，就让吴迪在那里休息。一日天色已晚，外面还下着大雨，曾瑷焦急地在宿舍里等着吴迪，快九点了，浑身湿透的吴迪才出现在曾瑷眼前，说是加班又遇上堵车。曾瑷赶紧让吴迪将外套脱掉，并让他去冲个热水澡。曾瑷切了两片生姜，放在简易煤气炉上给吴迪熬了碗生姜汤喝。

吴迪冲完凉，披着浴巾，看见这个从前的大小姐，如今竟会下厨为他熬汤，很是感动，忍不住从曾瑷的身后一把将她抱住，曾瑷转过身来，非常害羞，吴迪一边亲吻着曾瑷，一边在曾瑷的耳边柔声说道："亲爱的，今晚你就不要赶我走了好吗？"曾瑷没有回答，任凭吴迪亲吻和爱抚，曾瑷温热的身体没有抗拒的表现增添了吴迪的勇气，他一把抱起曾瑷将她放在单人床上。这时，曾瑷想起父母一再的叮嘱：女孩子一定要自爱，没有结婚千万不能做越轨的事。他们还告诫曾瑷：对方如果是一个自重有为的男子，他一定会欣赏一个为双方幸福而洁身自爱的女孩。也许当时他会不高兴，但一旦冷静下来，他便会更加深爱这个女子。假如他因此而离去，你更应感谢，因为这样可以看出他的企图和人品来。曾瑷从小家教甚严，是个非常传统保守的女孩，不合礼教的事她是绝不会做也绝不敢做的，所以她一把推开吴迪，坐了起来，温柔地说道："不要这样，我们还没有结婚。我会将最宝贵的一刻留到新婚之夜的。"吴迪虽然不情愿，但看到曾瑷坚决的表情，只好强忍住自己冲动的欲望，静静地搂着温顺的曾瑷一动不动，让自己沸腾的热血慢慢平复。由于时间不早了，曾瑷不好意思去打扰男同事，就跟吴迪说她去办公室睡，而吴迪不肯，说还是他去睡办公室，但曾瑷说你的衣服没干，还是我去，便不由分说地让吴迪躺下。曾瑷跑到办公室，搭好午休用的折叠床，将门锁好，一个人在那里睡觉。整个晚上，安静的办公楼好像只有曾瑷一个人，她有些害怕，后悔不该自己来，但又想到吴迪工作那么辛苦，应该让他在宿舍温暖的床上睡个好觉。

　　当年他们的感情是那么纯真无邪，那么自律，不越雷池半步。有时遇到吴迪周末要加班，曾瑷就去看他，吴迪住在四人间的男生宿舍，单位的条件比曾瑷的差多了，曾瑷去找他时常给他带去新的床上用品，晚上则去女生宿舍休息。吴迪虽然有时会再涌起那晚的念头，但自那次以后，他也不敢造次了。而因为曾瑷的自爱和自重，吴迪也对她格外珍惜。曾瑷看吴迪从不强迫自己，也觉得他是个正人君子，对吴迪的感情更深了。

第三章　工作伊始

　　由于曾瑗性格开朗，又能歌善舞，很受同事及学生们的欢迎，与她同时分配到单位的应届大学毕业生有好多，大家课余时间一起爬山、逛街、下馆子，有时这个做了饭叫曾瑗过去吃，那个家里带了好吃的也与大家分享，曾瑗感觉好像又回到了学生时代。还不时地有人要给曾瑗介绍男朋友，曾瑗都非常诚实地告诉对方自己已有男朋友了。

　　不久，一个同事要生孩子，系里决定让曾瑗代替她当班主任接手"农金39班"——此班因有39人而得名。本来新教师要经过一年的培训才能正式当班主任的，但系里觉得曾瑗与学生关系好，又年轻，没有什么拖累，能够胜任，就让她来当。曾瑗也没多想就愉快地接了下来。曾瑗像对待朋友一样对待学生们。她改组了班委，重建了班规。她经常去宿舍看望学生，并组织了月光晚会、外出秋游、登山比赛等活动。曾瑗没想到正因为这个班大多数的学生来自农村，他们的家庭经济条件都不是很好，所以都很懂事，有感恩之心，学生都很朴实。新选举产生的班长和团支部书记非常能干，也很负责任，他们看班主任那么真诚地对待他们，就更加自觉主动地管理班级，许多事情曾瑷布置下去，他们总是完成得比曾瑷想象的还要好。学生们的好多事都无须曾瑷操心，像黑板报评比、拔河比赛全部是学生自己组织参与，最后还得了第一名。而红五月的歌咏比赛，学生们获得了全系冠军！整个班级团结向上，充满了向上的力量，师生关系融洽，大家都把曾瑷当作一位大姐姐看待。那年期末曾瑷被评为优秀班主任，班级被评为金融系先进班级。曾瑷还作为优秀代表在全校大会上发言，初次展露了她的口才。她的父母得知她取得的成绩非常高兴，鼓励她继续好好干。吴迪听说了也很为曾瑷高兴，并劝她要去拜访一下领导表示感谢，但曾瑷因为从小受家庭环境的影响，父母从来不搞请客送礼这一套，所以她也不会甚至有些不屑去做这些事，她觉得只要凭着自己的个人能力做好工作就行了。但后来随着年龄的增加，她才发现自己的想法真是幼稚可笑，她明白了除了个人努力，拥有一颗感恩的心、良好的人际关系也是非常重要的。这些都是社会这所大学慢慢教会她的。菁菁校园里的大学生活让曾瑷深深爱上了教师这个职业，她觉得一辈子在这样相对单纯的校园里工作和生活是一件最美不过的事情。她爱上了这种每天看看书、与年轻的学生们打交道的生活。尤其是到了寒暑假，可以有时间让自己全身心地放松或充电，这更让人感到无比惬意。而不用坐班的生活更让喜欢自由、不愿受约束的曾瑷如鱼得水。有吴迪的真爱、喜欢的工作、可爱的学生、父母在身边的陪伴，曾瑷觉得生活非常完美。

就这样一个学期很快过去了，曾瑷在学校里干得有声有色，而吴迪的工作却与他当初的理想差距很大，他经常出差，收入也不高。在上海这座大都市，他人生地不熟，虽然有曾瑗满满的爱，但上海人的排外、语言上及饮食上的不适应还是经常困扰着吴迪，心高气傲的他时常有一种受人排斥的感觉，这让他有点"水土不服"。加上公司规模不大，吴迪也看不到未来的发展前景，他很想改变。同时曾瑗的父母对他依然不太友好，每次去曾家，曾瑗的父母总是对他不冷不热的，这让吴迪很受伤。有时，他会想起母亲的话，但倔强的他不愿服输，他曾承诺要给曾瑗最好的生活，要向家人、同学、朋友证明不靠父母、不凭关系他也一样能行！曾瑗了解到吴迪的痛苦就劝他："我不要求你挣大钱、做大官，我也不要求你一定要做出一番大事来，我只希望我们平平安安，在一起过简单快乐轻松的日子。要不你到我们学校来，不用坐班，有自己的闲暇，还有寒暑假，可以一起外出旅行或是做一些自己想做的事。你有组织能力，有乐器方面的特长，加上你口才又好，一定能干好的。"可吴迪说："如果我要当老师还跑到上海来做什么，我若留在百安，这样的机会多的是，既然来到南方我就是要做一番大事，否则我不甘心！"虽然有这样的小小分歧，但一点也不影响他们的感情，相反这让曾瑗觉得内心充满愧疚，觉得吴迪是为了她才放弃了那么多，她相信一切困难都是暂时的，一切都会好起来。而此时，吴迪在工作中认识的朋友刘星则去了深圳闯荡，并邀请吴迪一起去，说那里是特区，机会多，而且刘星的老师在那里刚开了一家公司，正在招人，吴迪有些动心。

第四章　新婚离别

　　由于曾瑗他们这批分配到学校的很多是大学生，其中有近十人到了适婚年龄，院长又是个喜欢热闹的人，就说要给他们办个集体婚礼。曾瑗告诉吴迪，吴迪说："反正是迟早的事，办就办了吧。"他们将结婚一事告诉了双方父母，虽然两家大人都觉得他们还太年轻，但又觉得既然走到了一起，也就没有反对。他俩去领了结婚证。很快，学校还给这批新人分配了房子，两房一厅，还带学校提供的全套免费实木家具！房子虽然不是新的，但在校园里，依山傍水，环境好极了。曾瑗觉得学校太好了，对这里有着一种很深的归属感，她觉得一辈子与学生打交道，一辈子住在校园里真是件幸福的事。

　　婚礼那天，学校给他们请来了化妆师，还提供了婚纱，安排了会场，院长、书记及全体教职员工都来了，还有电视台的记者到场。曾瑗穿着雪白的婚纱，头上蒙着面纱挽着父亲的手走进礼堂，并作为新娘代表发言，院长还邀请她跳了第一支舞。当主持人宣布学生给老师送上祝福时，曾瑷所带班级的学生蜂拥而上。原来他们早就悄悄策划好给美丽的班主任带来惊喜，这让曾瑷又感动又意外。婚礼结束后，这帮孩子就在礼堂的门口迎接曾瑷，他们一路上撒着鲜花和彩带将曾瑷护送回新房，在进门的一瞬间，房间的烛光突然亮了，全班同学都在里面，他们事先布置好了新房，贴好了大红喜字，剪好了窗花，买好了喜糖和鲜花、蜡烛，将房间布置得温馨而又美丽。虽然曾瑷和吴迪刚工作没什么钱也来不及买贵重的家私，但整个房间充满了欢声笑语和浓浓爱意，曾瑷的心中涌起了对学生、学校深深的感激，和对婚后生活的向往。那场婚礼虽然简朴却很有意义，让人终生难忘。那天晚上，他们也邀请了张阳来参加婚礼，可张阳因为第二天要考试没有前来，但送来了贺礼。

曾瑷的父母也来了，虽然他们心里还不能完全接受吴迪，但看吴迪人品不错，对女儿也挺好，觉得只要女儿高兴满意就行。此时吴迪的父亲正在国外考察没有来，但打来了祝贺电话祝福他们好好过日子。吴妈妈对这门婚事还是不太接受，就称病没来。

婚礼之后，曾瑷与学生们的感情更好了，对学院的工作也更用心。

而吴迪和曾瑷继续过着周末夫妻的生活，吴迪经常出差，曾瑷饱受思念之苦。他俩都觉得这样下去不是个办法，此时，刘星给吴迪打来电话，让吴迪来深圳看看，说他们公司正缺人，让吴迪来试试。吴迪回来跟曾瑷商量，曾瑷心里虽然不舍，但觉得男人应该以事业为重，现在的工作对吴迪来说没有什么前景，而且吴迪在上海也不开心。她听说深圳是个新开发的特区，那里的人来自五湖四海，不排外，也许更适合吴迪，何况曾瑷一直觉得吴迪很能干，她相信吴迪一定能干出一番事业来。曾瑗鼓励吴迪去看看。有了曾瑗的理解和支持，吴迪踏上了南下的列车，离开了上海。

第一个月，吴迪就给曾瑗寄来了 3 000 元，当时曾瑗的工资才 300 多块钱，在当地还算高的，她觉得吴迪去深圳也许是对的。

自从吴迪去了深圳，曾瑗的心里常感到空虚，从大学开始他俩就没分开过。虽然是近毕业时才正式谈恋爱，但曾瑗早已习惯了吴迪在身边陪伴的日子。如今分隔两地的他们只能每天通电话，电话费都不知花了多少。有一次曾瑗还将课调在一起，利用周末坐了一个朋友的顺风车，经过 20 多小时的长途跋涉，一路颠簸地来到深圳，只为见上丈夫一面。

那时去深圳还要办理边境通行证，为了去深圳见吴迪，曾瑗经过单位政审、派出所核查、公安局办证等多个程序才拿到了边境通行证。

好不容易盼来了暑假，曾瑗早早就买了机票飞到深圳去见吴迪。吴迪在刘星介绍的一家设计公司里做电脑平面设计工作。公司的老板是刘星的大学老师。他们住在一间三居室里，吴迪和曾瑗住一间，刘星一间，还有另外一个员工住一间。房间内只有一张单人床和一个简易衣柜，连个饭桌都没有。虽然简陋，但曾瑗觉得只要有吴迪在，那就是幸福满屋。

曾瑗给吴迪买来了一些生活必需品，又去菜市场买了些菜，因为没有冰箱，一次也不敢买太多。这个从小在父母身边、从来不会做饭的独生女，这个在学校里每天吃食堂饭菜的大小姐，为了自己心爱的人，亲自下厨了。吴迪吃着曾瑗做的饭菜，挤在不到一米二的单人床上，一点儿也不觉得苦，反而觉得生活充满了希望。

接下来的日子，吴迪让曾瑷白天去四处逛逛，看看有没有什么合适的求职机会，为将来做些准备。曾瑷去了几趟人才市场，那里人头攒动，拥挤嘈杂，每次在门口看了看就退回来了，心里有些胆怯，她可从来没有自己找过工作。周末吴迪则带着曾瑷去了国贸、东门老街、沙头角、蛇口、世界之窗、锦绣中华、民俗文化村这些当时在全国都非常有名的景点。四季如春的气候、蔚蓝的天空、清新的空气、灵活的政策，繁华而又充满活力的深圳确实让年轻人着迷。曾瑷都有点舍不得走了。而吴迪在公司也干得很起劲，一点儿也没有想回上海的意思。

很快假期就要结束了。曾瑷只好先回上海。

回到家里，曾瑷的妈妈忍不住找曾瑷，她问曾瑷："你们对未来有什么打算？总不能这样长期两地分居吧？"曾瑷说："是啊妈妈，我也正为此事发愁呢。我看吴迪在那里做得挺好，深圳确实是个吸引人的地方，而让我放弃现在的工作，我也挺舍不得的。这个单位这么好，同事领导对我也很好，刚刚起步的事业，有一班可爱的学生，还分了房子，还有你们，还有上海的同学、朋友、亲戚，这熟悉的一切，我真的舍不得。妈妈，您给我点时间让我好好想想。"

曾瑷的母亲听了也只有叹气。

一个学期过去了，经过了相思的煎熬和两人在电话里的不断沟通，曾瑷按捺不住对吴迪深深的思念，爱情的力量最终战胜了一切，她决定先去深圳看看。出发前，她还去了学校后山上的一座千年古庙抽了一签，那是一张上上签，上面写道：

直上青云志
扶摇万木生

西南得一友

如获指南针！

而深圳正好在上海的西南方，这张签让纠结中的曾瑗最后下定了决心。

当她向系里请求停薪留职时，系领导语重心长地对她说："曾瑗，你可要三思而行啊，到一个陌生的城市白手起家，可不像你想象的那么简单。不过我们也理解你的心情和想法，先去那边看看，如果不行就回来，这里就是你的娘家，有什么困难尽管告诉我们，我们随时欢迎你回来。"领导的一番话让曾瑗感动得差点儿掉下眼泪。

要走的那天，系里还为曾瑗开了欢送会，她的学生们在校广播站为她点歌，并纷纷前来给她送行。父母虽然百般不愿意，但看到女儿已经嫁人，不跟着吴迪去深圳也不好，就强忍住心中的担心和不舍，同张阳一起去机场为她送行。看到头发已有些斑白的父母，曾瑗的心感觉好像要被分成了好几瓣，一瓣留在了上海，留在了父母身边，一瓣留给了单位及学生，还有一瓣则飞向吴迪，飞向鹏城深圳！

第五章　鹏城不相信眼泪

　　带着众人的期盼，带着对未来生活的无限向往和对吴迪深深的爱，年轻的曾瑷离开了上海滩，来到了深圳这片热土！

　　他们俩首先在莲花山脚下的一排简易安置区租了个一房一厅的单身公寓。久别重逢的喜悦过后，曾瑷开始面对真实的生活。她发现当她真正想要在深圳立足谋生时，一切就变得没那么简单了。来度假时，没有生存的压力，没有对未来的担忧，没有眼看着积蓄慢慢变少坐吃山空的不安。尤其是当曾瑷到人才市场找工作时，她发现没有几个像样的单位，尤其是有了在上海那么好的工作作为起点，一般的工作曾瑷看不上，这真是曾经沧海难为水，除却巫山不是云。她觉得当公司文员、银行职员、业务员都不是长久之计，一心只想到大学当老师。可是她发现深圳没有几所像样的大学。而投了几份简历都下落不明之后，曾瑷感到了一丝恐慌和茫然，她的自信心受到了不小的打击，第一次感觉到生活的艰辛。

吴迪所在的设计公司经常晚上加班，有时曾瑷找工作回来想向吴迪诉诉苦，吴迪却很晚才回家，曾瑷感到有些委屈。

时间一天天过去，面试过的几家公司曾瑷都不满意。转眼间，来深圳已经三个月了，曾瑷越来越焦虑。她让吴迪也帮她留意一下有没有合适的机会。可吴迪到深圳时间也不长，帮不上什么忙。曾瑷差点儿打起了退堂鼓。吴迪劝她放低要求先找个工作做着再说。就这样，曾瑷降低标准，到了一家杂志社当起了文员。

这是一个差额拨款的事业单位，员工不多，才二十几个，但等级森严。在编的和不在编的待遇差别很大。公司总共只有 10 个人在编，其他的都是所谓的临聘人员。曾瑷也是第一次知道还有编制一说。从前在上海，那是直接分配工作，自己没有操过心，这时曾瑷才知道原来靖华大学的老师是多么廉洁公平，自己是多么幸福幸运，从没找过系里领导，凭着自己成绩好、表现好就被分到那么好的单位。而在现在这家单位，每个人的工资奖金、岗位、职务根据员工年龄、学历、工龄来决定，而且听说还有事业指标、企业指标之分。而工作强度也由个人的身份地位决定。比如新来的、没入编的，一般干最累的、最多的活，收入却是最低的。曾瑷记得一次公司发纸巾，在编的发一卷，未入编的发半卷；还有发水果，在编的发一箱，不在编的发半箱，而曾瑷是新来不满一年的，这些福利都没有。虽然只是小小的一卷纸巾和几个水果，但对于从小一帆风顺的曾瑷来说，她还是感觉很失落。尤其是刚去上班时就遇到了国庆，杂志社组织在编人员去新马泰旅游，曾瑷成了公司的留守人士，接电话、处理杂务都由她负责，心里很是委屈。

晚上回去和吴迪唠叨，吴迪就说："你要是不开心那就不要做了，我养你。"

曾瑗说："那不行，从小我妈就跟我说女人经济上一定要独立，否则向男人要钱的日子会很没尊严，况且我可不想在家里闲着，否则我读那么多书，上大学做什么？"

由于曾瑗对电脑操作不熟练，所以她经常在办公室加班背五笔字型输入法的口诀，练习打字。也许是因为有压力就有动力吧，不到半天曾瑗就把口诀背了下来。

因为从未想过要将这份工作当作长期职业，所以曾瑗也没想过要在这里入编，但还是非常尽心尽力地做好本职工作。慢慢地，她与同事们也渐渐熟络了起来。社长看她文笔不错，还经常将一些重要的工作交给她做。办公室中有位傲慢的海归硕士名叫宋忠，她自视甚高，目中无人，走路时下巴和眼睛都是朝上的，爱嘲笑别人，曾瑗经常担心她走路不看路会摔倒。听说她到了这家单位三年了才入编，三十好几了还未结婚。她经常讽刺曾瑗："像你这种本科生就不要考虑入编的事了，我都熬了三年，好好干活，不要偷懒，不要想太多。"她经常将苦差事推给曾瑗，还特别爱指挥人。

还有一位跟曾瑗同时入职的女孩名叫连花，人很瘦，颇有心机，一心想入编。她比曾瑗大三岁，已结婚，因为在深圳没入编、没房，只好将三岁的小孩留在老家由爷爷奶奶照顾。曾瑗后来才知道这也是许多刚来深圳的年轻人无奈的选择！

杂志社的工作很忙，由于曾瑗是个文员，所以工作内容更加繁杂，接电话、打印文件、复印文件、报销发票、接待客户……什么活都干。曾瑗经常被人呼来唤去，她觉得这种工作无任何成就感可言！她好怀念在上海的日子，好想念上海的同事、领导、学生和父母！她觉得自己绝不能这样下去，她还是想找个教师的工作做。业余时间她去了几所学校参观，发现改革开放初期的深圳真是文化教育落后，正规大学只有一所，那就是深圳大学，还有一所职业院校，中专也就那么几所。有了在上海那么高的起点，曾瑗不想去中小学教书，但无论深大还是深职院，都只招研究生。为了改变自己的命运，曾瑗只有靠自己了，她悄悄地报考了在职研究生考试，开始了边工作边读研的日子。

白天曾瑗忙着工作，晚上回到家，吴迪经常加班不在家，曾瑗就一个人简单弄点吃的，吃完赶紧坐在桌前背英语单词、解数学难题，或是去研究生班学习。光是她自己制作的英语小卡片和读书笔记就有厚厚的一摞。

单位同事之间对彼此的情况都不太了解，也漠不关心。不像在老家，身边很多是从小一起长大的邻居和同学，所以大家都知根知底，很少设防。

有一天，办公室主任吴德让曾瑗帮忙复印一份文件，他看曾瑗挺拔的身姿、不俗的面容、优雅的气质，就很关心地问她："你结婚了没有啊？"曾瑗很老实地回答已经结婚了。吴德非常遗憾地说："真可惜，你这么年轻漂亮，这么早就结婚，我还想给你介绍对象呢。"其他同事也说曾瑗这么早就结婚太可惜了，深圳可是有大把有钱人啊。曾瑗赶紧向大家表示感谢，心里一点也没有嫌弃吴迪是个穷小子，相反觉得只要有爱就可以了。

很快，由于曾瑗工作认真负责，并出色地完成了几项任务，社长经常表扬她，还经常带曾瑗参加各种重要会议，并承诺有机会就让曾瑗入编。

这可激起了海归宋忠对曾瑗的不满，觉得曾瑗才来不久就如此受重用，还这么快就有机会入编，心中十分不爽。这时，新年将至，杂志社准备举办迎新晚会。曾瑗能歌善舞，便发挥自己的特长，组织大家排练舞蹈并购买晚会的礼物，忙得不亦乐乎。

晚会那天，曾瑗突然发现节目表上有一档写着"咨客小姐——曾瑗"，同事们看到表后都在偷笑。曾瑗觉得很奇怪，就问同事小王，她告诉曾瑗，在广东"咨客"这个词就是指站在酒店大堂或是宾馆门口迎客的小姐。这事是海归干的。而当年"小姐"这个名词在全国已变了味，具有非常丰富的含义。曾瑗非常生气，一个人离开会场，跑到大街上。她想起了上海，想起了那次集体婚礼，想起了那群可爱的学生。从小娇生惯养、一帆风顺的曾瑗从来没有受过这种气，她很想马上辞职回到父母身边，回到上海，回到学院，回到温暖的故乡！

平复了一下自己的情绪，曾瑗重新微笑着回到礼堂，社长和其他同事正在焦急地等着她，她镇静地就座，微笑地面对大家，并主动向宋海归敬酒。然后走上舞台，大方地主持节目，领大家跳舞做游戏，还跳了舞蹈《月光下的凤尾竹》。海归看曾瑗如此淡定，有点怅然，也有点气馁。对曾瑗，她虽然羡慕嫉妒，但从心里还是有点佩服的。晚会之后社长对曾瑗更加器重，觉得她大度能干，又多才多艺。

晚上回到家中，曾瑗告诉吴迪发生在单位的事，吴迪一听非常生气，说要到单位找海归理论，曾瑗将他劝下，说算了，不值得为这种小事计较。还劝吴迪说因为全单位就她最年轻，不选她选谁啊？而且不是年轻漂亮的还不让当呢。两个人在简陋拥挤的出租屋里自嘲着，在这座陌生的城市里互相温暖着，并鼓励彼此即使跌倒了也要大声地笑，也要挺直腰杆做人！

到了深圳曾瑗才知道什么叫生活的艰辛，她也深刻感受到学生时代是最幸福的。不用为生计发愁，不用为明天是否有钱花而担忧，定时有人将钱打到账上。也不用买菜做饭，每天饭来张口，衣来伸手，过的是十指不沾阳春水的日子。偶尔高兴时用电炉煮碗鸡蛋面，那叫体验生活。每日在风景如画的校园里读书，与一群志同道合的同学争论，与俊男美女嬉闹。学校真是象牙塔，有公平的考试，只要你努力，一般情况下还是能取得好成绩的。而成绩是衡量你在校园生活是否成功的重要指标之一。成绩好的学生老师喜欢、同学们羡慕，评优评先、奖学金都有份，机会自然也就比其他同学多些。其实读书是最简单的事，尤其是在大学里读书，比中学时轻松多了，因为那是过关型的考试，而不是选拔型的。

而社会就不是那么简单了，大学校园里的光环和成绩在社会这所大学里黯然失色，所有辉煌已成为过去，没有人会在意你的曾经，重要的是你现在做了什么，怎么做，结果怎样。

刚工作时，曾瑗不习惯不用量化指标衡量评价一个人的年终考核。人生的这张试卷你能否考好，不是仅仅用分数来衡量那么简单。她发现，到了社会上，不是你干得好就会得到领导的赏识、同事的认可，相反情商、为人更重要。是否得到认可，是否与周围的人和谐相处，有时比一个人埋头苦干更重要。她好怀念那单纯的学生生活。

社会不像在学生时代，当你做错了事、生病了、有情绪了，或是成绩下降了，会有老师、辅导员关心问候，同学们也都会真诚善意地帮助你，都希望你能回到正常的人生轨道上。而在社会上，尤其是在竞争激烈的深圳，没有人会在乎你的感受。工作上的难题，对环境的不适应，很多时候都要靠自己解决，曾瑗深刻体会到：别人不帮你是正常的，除了父母和亲人，别人凭什么帮你？帮助你都要从心底感激，因为别人没有帮助你的义务。尤其是深圳更不相信眼泪。

元旦过后，单位突然传闻有新指标可以入编，但好像名额只有一个。曾瑗因为没有想在这里长做，所以也就没有在意，可是连花非常想得到这个机会，她将曾瑗当成了假想敌。

一天早上，曾瑗来到办公室，发现墙上贴着一张值班表，因为年底工作较忙，所以公司安排每个人晚上都要值班。曾瑗想到自己晚上还要上研究生课，就嘀咕了一句，怎么晚上还要加班啊。第二天去给社长送文件时，社长问她："曾瑗，听说你晚上不想加班啊？是不是晚上家里有事？要是有困难我就不安排了。因为考虑到你年轻又没小孩所以多排了你几次加班，不要有意见哦。"曾瑗一听便知道有人告状，赶紧解释说："没有没有，我只是随便说说的。"心想当时只有她和连花在，曾瑗觉得一定是她告的状。社长又语重心长地跟曾瑗说："年轻人多做点事不要紧，可以学到很多东西，记住吃亏是福哦！"曾瑗再次想起从前在上海单纯快乐的生活和同事间互帮互助的情谊。她对社长只说了一句话"谢谢社长，我知道了，晚上加班没问题。"也没有再争辩什么。从小父母就教育曾瑗要尽量和同事搞好关系，不要得罪人，冤家宜解不宜结，要与人为善，所以曾瑗还是友好地对待连花和宋海归，还将客户送给她的十张电影票分别送给了连花、海归和其他同事。

连花笑她说："你怎么不送给领导，送给我们有什么用啊？"

曾瑗觉得好奇怪，为什么要送给领导呢？那不是有巴结之嫌吗？心高气傲的曾瑗可从来没想过要这么做。而更为奇怪的是她给了海归两张票，海归跑来问她是不是要给她介绍男朋友，所以请她去看电影，搞得曾瑗莫名其妙。后来有人才告诉她说许多人做事情目的性很强，他们绝不会做没有利害关系的事情，也绝不会浪费时间和金钱去做他们认为没有意义的事。比如他们如果请吃饭，那一定是有事找你，而不会是因为喜欢你或是想跟你聊天谈心。所以对于曾瑷这种无目的性的交往，在他们眼里觉得不可思议，就像曾瑷不理解他们一样。曾瑷感觉很受伤，她真的没有想到好心被误解。她觉得自己是不是太幼稚了！她也明白了一个道理：人不可能让所有人喜欢你，所以不用去讨好所有人，问心无愧就好。对于那些对她有成见，并且不友好的、刻意保持距离的人，她也准备自觉知趣地与之保持距离，会以对方对待自己的方式来对待他。但曾瑷的内心依然充满慈悲和友爱，因为这是保持自己心情好的方法，否则内心充满戒备和负面的情绪，自己会不开心，也收获不到真正的友谊！对方怎么做人那是他的事，与人为善，做好自己应该做的事才最重要，只是曾瑷觉得自己活了这么大还是不会演戏，比如喜欢一个人就表现在脸上，不喜欢也不愿意虚伪应付。她发现所谓的成熟原来就是不动声色。她觉得自己要成熟起来。

　　不过经过这些事情后，海归和连花发现曾瑷单纯善良，也没有什么心机，对曾瑷也就不再那么有敌意了。

第六章 面对现实

　　春节到了，曾瑗和吴迪回了趟上海，母亲告诉曾瑗，前段时间父亲生病了，因为怕曾瑗担心也就没有告诉她，当时还是张阳帮忙安排住进他妈妈的医院，他还经常来家中看望他们。曾瑗母亲的语气里流露出一丝遗憾。曾瑗和吴迪决定请张阳一起吃饭表示感谢，张阳觉得曾瑗成熟了不少，而曾瑗觉得张阳还是那么淡然儒雅，可能是读书多的缘故，张阳身上有一种不食人间烟火的感觉。正应了那句话：腹有诗书气自华。随后曾瑗去拜访了原单位系里的领导、同事和儿时的同学。学校还将她原来住的宿舍保留着。因为曾瑗还没有办理离职，所以单位始终给她留着位置，随时欢迎她回来，这让曾瑗感动不已。感觉深圳与故乡真是天壤之别。母亲有时会劝曾瑗回上海，曾瑗看着父母苍老的容颜，心中充满矛盾。夜深人静时，她开始思考未来，到底是在深圳坚持下去还是回上海？她觉得吴迪是不可能跟她回来了，因为在那座年轻充满活力的城市，他如鱼得水般找到了感觉。而曾瑗总觉得女人应以男人的事业为重，自己有个工作就行，也没有很强的事业心和企图。况且曾瑗也无法想象与吴迪两地分居的生活。她决定还是继续坚持下去。曾瑗发现开弓没有回头箭，这已是一条不归路！

过完年，曾瑗还是告别了父母，回到了深圳，又投入了紧张的工作中。虽然原单位一直给她保留着职位，但曾瑗还是感觉到了压力。她想要是有机会能正式调入深圳，成为深圳人就好了。

不久，传来了一个好消息，张阳要来深圳大学实习，原来是他研究生就要毕业了，准备到深大教书。曾瑗和吴迪都非常高兴，在深圳能有一个大学同学，那感觉真像是身边多了一位亲人，尤其是他们当年还是靖华大学的3S！张阳也准备在他们租住的莲花山脚下租了一间单身公寓住下。张阳的寓所离曾瑗家很近。他们聊起了靖华，聊起了同学，听说温柔低调的筱乔和智慧善良的明心走到了一起，洪苹果也研究生毕业准备回新疆支援家乡建设，而梦南在广州一家企业做得不错，已是一个部门的小领导了。

一天晚上，曾瑗正在值班，忽然吴德副社长走了进来，说上次让曾瑗给一个客户写的文案要修改，他今晚等着要，让曾瑗赶紧加班修改。好不容易改好交给吴德，他看了看手表说时间不早了，为了犒劳曾瑗要请她吃夜宵。曾瑗看表都9点多了，想拒绝，可是吴德说想边吃边再谈谈文稿，曾瑗只好答应了，同时给吴迪的BB机留言让他来接，可是半天没有回复。原来此时他正在给一位大明星拍片准备制作一个平面广告，正忙得不可开交。

吴德将曾瑗带到一个KTV包房，曾瑗第一次与除了吴迪之外的异性单独去唱K，她有些不安，再次给吴迪留言还是没有回复，就给张阳的 CALL 机留了言。没想到张阳马上回复了，说马上就来。

吴德要了几碟小吃、饮料和啤酒，点了几首歌边吃边唱。他夸曾瑗能干漂亮，说晚会上曾瑗跳的舞蹈《月光下的凤尾竹》非常迷人，并问曾瑗想不想入编。曾瑗说无所谓啊。吴德说："你还太年轻，不知道生活的艰苦，入编后不仅收入是临聘的三倍，而且奖金、医保等比例都大大不同，还有机会享受政府分房。"因为曾瑗还一心想寻找一份大学教师的工作，所以对是否能在这家单位入编真的不是非常在意，所以就说："哇，真的没想到差别这么大啊！可是我来的时间不长，前面还有那么多人没入编，况且花姐都有小孩了，她可能比我更需要入编吧，我不急。"

吴德听曾瑗这么说也就没有再说什么，只是邀请她喝酒，曾瑗说她从不喝酒，拒绝了，只喝了几口饮料。心想不是说好了谈文案吗？吴德又请她跳舞，曾瑗推不过只好起身。吴德搂着曾瑗纤细的腰身，握着曾瑗的小手，大概是因为酒精的作用，他一把将曾瑗抱紧，色迷迷地看着曾瑗，在曾瑗耳边说道："曾瑗，其实我好喜欢你，只要你愿意，我可以帮助你入编。"一边将充满酒味的嘴凑了上来，曾瑗一听吓了一跳赶紧推开吴德，说："不好意思，天晚了，我要回家。"冲出房间，吴德在她身后悻悻地说："都什么年代了，不要假正经嘛。"此时正好张阳来了，他看到曾瑗惊慌失措的样子，赶紧上前询问，曾瑗看到张阳，眼泪忍不住流了下来。她想起在百安的日子，想起靖华 3S，想起那年张阳陪她看眼睛，想起上海，想起她和吴迪的新房，想起在深圳找工作的日子，想起如今在这座冷漠的城市所受的委屈，想起因为吴迪工作忙，自己经常要一个人面对一切，她不禁抱住张阳失声痛哭。她心中有些后悔，后悔当初不该任性远离父母，远离故乡跑到深圳。张阳像哄小孩一样安慰她，并劝她干脆辞职算了！此时路边响起一首歌，仿佛是专为她唱的：

在陌生的城市你还好吗？
是否一个人悄悄地哭？
当流星划过天空
是否照亮你回家的路？

在冬雨的夜晚你还好吗？
是否想起故乡门前的翠屏湖
当落花洒满湖面
有妈妈在桥头等候

在那遥远的南方你还好吗？
是否有人将你记住？
当理想再次被辜负
你的勇气是否依然如故？

在喧闹的城市你还好吗？
是否感到孤独无助？
当现实如此残酷
是否能将真爱留住？

当晚吴迪没有回来，因为连夜赶活，吴迪就睡在了片场。他只给曾瑷留了言。曾瑷非常伤心失望，觉得自己在最需要吴迪的时候，总是牵不到他的手。张阳不放心曾瑷，就在他们家的沙发上睡下了。

第二天，曾瑗准备去公司辞职，张阳正好没课就送她到了公司门口，并鼓励她不要害怕。一到公司，发现大家都围在大厅看布告栏，原来是社长公布了入编公开招考的信息和录取办法，规定只要在单位工作一年以上，考核称职，本科以上，男女不限均可以报名参加。

宋海归对曾瑗说："机会难得，你一定要去试试哦！入了编你就可以稳定下来了，还有机会参加深圳市政府分房，那可是只有事业单位的员工才有资格分的房子，价格便宜，房子质量好，比商品房不知好到哪去。"

曾瑗想起了她有一次去梅林，发现那里有一片很大的建筑工地正在盖房，虽然房子还没盖好，但小区的环境已初具规模，依山傍水，还有小学、幼儿园。绿化带、容积率都是一流的。当时她就梦想着：要是能在这儿拥有一间房子就好了。她听海归这么说就问道："梅林那里有片大型住宅是不是就是你说的这种房子啊？"

宋海归说："是啊是啊，那是深圳除了鹿丹村、莲花一村，最大型的政府福利房，比前两个小区还要好呢。那里的配套设施也是一流的，有农贸批发市场，东西丰富便宜，可以省下不少钱，有幼儿园和小学，还有依山傍水的后山公园，环境好得不得了，最重要的是那里的物业管理非常贴心又不乱收费，是商品房买不到的服务和管理。"曾瑗心想这种好事是轮不到自己了。她准备收拾东西找社长辞职，同时心里很感谢宋海归会跟她说那些话，她深感做人不要太计较，人也没有绝对的好与坏。现实社会中原来不是非黑即白，非好即坏的。一切都会改变，一切都没有绝对。只要以诚待人，人亦以诚相应。

　　正在这时，吴德来到他们办公室通知大家开会。会上他将曾瑗昨晚加班做好的方案重重地摔在桌上，大声呵斥曾瑗："你看你做的是什么东西，水平太差了，一个名牌大学的毕业生写的东西还不如一个中学生，客户很不满意，你赶快给客户道歉，赶紧重写！否则耽误发表，扣你奖金！另外，你不要整天在单位说话嗲嗲的，要注意场合！"曾瑗知道他公报私仇，想着反正要走了，也就没有争辩，但心里很想上去甩他一巴掌！后来听同事说其实客户对曾瑗写的那篇文案非常满意，还指定要曾瑗下次继续帮他们写产品介绍。那期杂志发表后，得到了很好的反响，客户还打电话来公司说要请曾瑗吃饭表示感谢呢。

　　曾瑗拿着辞职信走进社长办公室，跟社长提出要离职一事。社长非常吃惊："你干得好好的为什么要走，而且你看到公告了吗？这是一个难得的机会，你为什么不试试？你要知道在深圳找工作很容易，但要找到一个如意的工作并不容易，你入编后我还有更重要的工作要交给你做，希望你三思！"曾瑗答应再想想，并从心底感激社长对她的厚爱。社长是曾瑗在深圳遇到的第一个正直善良、公正无私的前辈！她自己非常能干，优雅知性有品位，最重要的是她看中的是员工的能力和人品，而不是关系背景，或是否有钱。这在深圳这座非常现实的城市里是很难能可贵的。

　　曾瑗回到家中，看到吴迪回来了，可能是因为通宵加班非常辛苦，还躺在床上休息，无心听曾瑗说话。曾瑗一赌气找张阳商量去了，张阳说："如果有入编机会你不妨试试，即使将来真的要离开也用行动证明给大家看，曾瑗不用歪门邪道而是凭实力也一样能入编！而且那个吴德毕竟不是社长，他应该也不能把你怎么样。只要自己小心一点就行。若能成功入编，你就可以将户口调过来，那样你就不用再两头牵挂，生活也会安定下来，更何况收入也会增加不少吧？"曾瑗想想觉得有道理，就放弃了辞职的念头，开始准备迎接招考。此时距考试只有 20 天了，曾瑗开始了大学时挑灯夜战的生活。而吴迪还是经常加班。晚上曾瑗给他打电话问其是否回来吃饭，得到的总是否定的回答。曾瑗虽然非常失望，但也顾不上了，一心扑在考试准备上。晚上曾瑗复习时，张阳经常来陪她。曾瑗背题，张阳备课，仿佛又回到了学生时代。

笔试成绩出来了，曾瑗以高分名列第一，但还有面试这一关。

进入面试环节，曾瑗发现吴德也是评委之一，她的心里咯噔了一下。果然，吴德突然问曾瑗是不是学美术或是文学专业的？曾瑗说她是学金融的，吴德说她专业不对口，从杂志社的长远发展来看，他觉得曾瑗并不适合这里。社长听他这么说，竟与他争论起来，说曾瑗自入职以来表现很好，文字能力强，方案写得好，又好学肯吃苦，再培养一下一定会更出色的，并坚持要曾瑗。人事局派来的人看他俩争执不下就说稍后再议。

就在等待结果时，社长找曾瑗谈话，告诉她非常抱歉，上面的人看社里有争议，就压了下来，而且现在有一个财政局某副局长的太太要来单位，所以这次的指标要给她。如果不给，杂志社许多经费的报批都无法通过，今后会有很多麻烦，希望曾瑗能够理解她的苦衷，下次编制考试一定优先考虑她。无奈之下，曾瑗正式提出辞职，并想找吴迪好好谈谈，她觉得现在两个人各忙各的这种生活不是她想要的。

回到家中，曾瑗告诉吴迪她辞职了，吴迪非常吃惊，因为他都来不及与曾瑗沟通交流。他听完曾瑗的诉说，非常心疼地将曾瑗拥进怀中，说："对不起，让你受苦了！都是因为我，害得你来到这座陌生的城市，吃了那么多苦。不干就不干了，有我呢！"

曾瑗连忙说道："千万不要这么说，你为了我跑到南方，如今这么辛苦，看你都瘦了那么多，咱俩扯平了。"小两口互相安慰，互相鼓励，决心不管再难也要坚持下去！曾瑗再次表示她从来没有要求吴迪一定要挣大钱或是当大官，只要两个人平平安安在一起就好。她说如果她是那种爱慕虚荣之人，那么当初留在百安就是了，一切都是现成的。吴迪答应曾瑗今后一定多在家陪她。

曾瑗想起了张阳为鼓励她曾发给她的一篇文章：

生命的价值

在一次讲座上，一位著名演说家没有讲一句开场白，却高举起一张 20 元的钞票，问："谁要？"有人举起手来。

之后，他又将钞票揉成一团，问："谁还要？"仍有人举手。

再之后，他把钞票扔到地上，踩了踩。钞票变得又脏又皱。他拾起后，问："谁还要？"仍然有人举手。

最后他说："朋友，我们已经上了一堂很有意义的课。无论我如何对待那张钞票，你们还是想要它，因为它并没有贬值。人生路上，我们会无数次被自己的决定或碰到的逆境击倒，甚至被碾得粉身碎骨。有时我们觉得自己似乎一文不值，但无论发生什么，或将要发生什么，我们永远也不会丧失生命的价值。生命的价值不依靠我们的所作所为，也不仰仗我们结交的人物，而是取决于我们本身，我们每个人都是独特的——

永远不要忘记这一点！"

这个小故事成为曾瑷力量的源泉，并且让她明白任何时候都要自信，而自信是来自丰富的内在和强大的实力。这些都要靠自己的修炼和积淀！

第七章　忠贞不渝

　　曾瑗前期已基本修完了研究生课程，此后的日子里，曾瑗专心在家准备在职研究生全国英语统考、五门专业课考试及撰写毕业论文。

　　吴迪经过自己的努力，已是设计界小有名气的电脑平面设计师。虽然他不是学美术的，但为了提高自己的设计水平，业余时间他常去深圳大学艺术学院当旁听生。熟练的电脑技术、独特的设计理念、制作的多套 CI（企业形象识别系统）和给企业设计的 LOGO 让他多次在国际和国内获奖。公司对他也很器重，经常派他去香港等地参观学习。

　　就在曾瑗在家读书的日子里，吴迪要去日本参加一个设计展。领导安排他和公司新来的一位年轻漂亮的女助理娜娜一同前往。吴迪公司的王姐听说曾瑗暂时在家没上班，就劝曾瑗一起去，否则孤男寡女的，又是去日本，总归让人不放心。但曾瑗对吴迪的人品很放心，加上快要考试了，她还是让吴迪自己去了。

正值夏日，曾瑗在单身公寓里埋头苦读。为了省钱舍不得开空调。张阳有时过来看她，两人经常一起讨论问题，并且经常会做些好吃的拿过来给曾瑗，还都是家乡菜，这让曾瑗感动不已。她想起了在大学时三人一起读书的日子，曾瑗觉得那时的日子真美好。而夜深人静时，她会想念吴迪，猜想着吴迪此刻正在日本做什么呢？但繁重的习题和迫近的考期使她无暇多想便沉沉睡去。

吴迪他们在日本一切都很顺利。工作之余，有天晚上他和娜娜外出吃饭，娜娜问吴迪结婚了吗？吴迪说结了。娜娜说你这么早结婚太可惜了。两人喝完酒，娜娜有些醉了，吴迪只好将娜娜背回她的房间，娜娜平日就对吴迪很有好感，趁着醉意勾住吴迪脖子说："今晚你就别走了，反正在日本你太太也不会知道，我也不会要你负责，你就留下来陪我好吗？"吴迪推开娜娜的手，将她放到床上，坚决地对她说："你醉了，赶快睡吧。"便走出了房间。他知道现在社会上许多人很开放，并将男女之事看得很随便，但他不是个随便的人，他觉得既然两个人结婚了，就不能做背叛对方的事，否则对婚姻是种伤害。他不能辜负曾瑗对他的信赖。他相信冥冥之中一切善恶自有天知道。他想起他们婚礼上的一首歌：

我以永远的爱爱你

我以慈爱吸引你

聘你永远归我为妻

永以慈爱诚实待你

……
将我放在你的心上如印记
将我戴在你手臂上如戳记
你的爱情坚贞胜过死亡
众水不能熄灭不能淹没

他知道自己不是圣人，但如果人人都放纵自己的情欲，这世界不是乱了套？

第二天娜娜醒来，回想起昨晚的一切，对吴迪的人品十分佩服，只是再见到吴迪时有些不好意思。而吴迪还是像从前一样对待她，这让娜娜释然。

回国那天，吴迪让曾瑷去机场接他。在机场，娜娜见到曾瑷，有点酸酸地对曾瑷说："你嫁了个好老公，告诉你啊，他可是个正人君子，你要好好珍惜，否则我可跟你抢哦。"吴迪搂着曾瑷的肩膀跟娜娜挥手告别。曾瑷没有多想，也没多问。

第八章　梦想成真

　　不久，曾瑗顺利地通过了全国研究生英语统考和五门专业知识考试，那可是只有1‰的通过率啊。在那段日子里，曾瑗很少逛街，也很少看电视。当她通过了论文答辩，最终拿到硕士学位证书时，她感到十分骄傲与自豪。有些人瞧不起在职研究生，其实边工作边读书的日子是非常不易的，需要极大的毅力和自制力。他们很多人白天上班，晚上去上研究生课程，有些还要兼顾家庭，坚持这一切只为改变自己的命运。与曾瑗一起上课的同学最终能坚持下来并通过英语统考和专业考试的并不多。最终与她一起去参加论文答辩并拿到硕士学位的就更少了。吴迪听说曾瑗拿到了学位也非常高兴，两个人叫来张阳一起庆祝，张阳让曾瑗赶快准备简历，好帮她一起去找学校投递。

　　曾瑗发现有了硕士学位文凭后，路一下子宽了。许多大门向她打开，她收到了多家单位的面试通知，由于深大需要博士研究生，所以她最终选择了一家新成立的职业学院，并且通过公开招考直接入编。她发现新单位挺公平公正的，有点原来在上海那所大学的感觉，她觉得自己又找到了人生的方向，将这里当作梦想重新起航的地方！曾瑗深刻感受到了"读书改变命运，知识创造财富"这句话的内涵。她觉得读书是最公平简单的事，考试没有钩心斗角，试卷里没有欺骗和潜规则，它是一项能让人把握自己命运的东西。

就在曾瑗准备办理调动入户手续时，却遇到了从来没有想到过的一系列问题。当时深圳已有政策规定已婚人员必须男方先调入深圳之后，女方才能作为随迁人员调入，否则不允许调入深圳。曾瑗一听傻了眼，因为吴迪不想去政府部门工作，所有也没想着要去申请深圳户口。谁能想到这样的政策会影响到曾瑗？他们先想到是办个假离婚，先让曾瑗入了户再说。吴迪给父亲打电话，想让父亲找百安市民政局的熟人办一下手续，吴爸爸一听非常生气，说吴家不办这种弄虚作假的事，要吴迪他们克服一切困难，想其他的办法，通过正规渠道办好入户手续。

由于吴迪的单位没有深圳户口的指标，为了让曾瑗早日入深户，吴迪开始满世界找接收单位。他认识的一家工厂的林老板说他们公司有入户指标。吴迪请他吃了无数次的饭，送了无数的礼，每次林老板都说马上办好，但都拖着不办，曾瑗急了，拉上吴迪一起堵到林老板家里，催着他在相关文件上盖了章。只是吴迪必须通过劳动局调入深圳，放弃干部身份，以工人的名义入户，还要参加深圳市的工人调动考试。工种有许多，吴迪选了一个相对冷门的工种顺利通过了考试。拿到深圳户口的当天，曾瑗的单位马上就给曾瑗发了商调函。从单位拿到商调函之后，没想到还要参加深圳市人事局举办的事业单位干部调动考试。此时已离考试时间不到 10 天了，曾瑗将自己关在家里，闭门不出，整天除了吃饭睡觉就是背题、看书，还参加了考前培训。参加培训的全是事业单位的报考人员，有的来深圳多年还未入编，年纪不小了，考试的压力可想而知。幸亏考试对于曾瑗来说不是件难事，她非常顺利地通过了并取得了好成绩。拿着成绩单，这才正式开启了她的调入深圳之旅。

拿到了新单位的调令后，曾瑗回上海的原单位办调动手续，系里召开了欢送大会。从前教的学生已经毕业，听说班主任回来了，很多人还从各地赶回上海来送她，曾瑗非常感动，觉得当老师真的很好，暗下决心把这辈子献给校园，献给三尺讲台。父母看到曾瑗的生活安定下来了，虽然有些不舍并对未来他们的养老有些担忧，但还是非常高兴女儿总算如愿以偿了。看到女儿能凭自己的努力在深圳这个许多人向往的地方扎下根来，他们感到很欣慰，也觉得她懂事了很多，这才放心了。故乡浓浓的人情味和熟悉的一切让曾瑗有些不舍，但为了爱情，为了吴迪，她决定放弃上海的一切，开始新的生活！

从上海的单位拿到商调函后，曾瑗赶回深圳相关部门办理调动手续。终于，在 1997 香港回归那年，曾瑗正式成为深圳人。

曾瑗调入深圳有了稳定的工作后，吴迪和刘星准备离开原公司自己创业，成立一家设计公司。曾瑗对吴迪的事业向来很支持，虽然曾瑗希望过上稳定的生活，但只要吴迪想做的，她二话不说就将积蓄拿出来支持吴迪创业。

创业初期的日子过得非常辛苦，尤其是设计公司更是晚上要经常加班赶活，曾瑗经常将饭做好给吴迪送去。

成立设计公司后，吴迪意识到自己不是设计专业出身，在这方面先天不足，人脉少、缺经验，所以经常周末去广州美院自学美术设计，还因此认识了许多同行。由于深圳毗邻香港，他还经常去香港参观一些设计展，认识了一些香港的著名设计大师，从他们那里学到了许多先进时尚的设计理念。他敏锐地意识到设计行业在深圳及内地是个新兴的充满朝气的行业，有着广阔的发展前景。经过市场调查和研究，他发现国内的酒店设计是一块蓝海阵地。他开始关注酒店 CI① 的设计工作。

一天，朋友鲁强给他打电话说让他去一趟珠海，说是有一家新建的五星级酒店要设计 CI。他们原本是想与香港的一家专业酒店设计公司合作的，那时候全国的酒店设计都是找香港公司来做的。鲁强跟酒店的董事长方平是朋友，他向方董大力推荐吴迪，方董决定给吴迪一次机会。方董让酒店部经理艾乐平全权负责此事。这是一个来自奥地利、外表非常严肃、有着非常丰富酒店管理经验的老头，艾经理非常礼貌而客气地接待了吴迪，他试探性地问吴迪："你们公司成立几年啦？以前有做过酒店的 CI 吗？"

吴迪镇静自若地回答："虽然我们公司以前没有做过酒店的 CI，但我们给深圳一些著名企业做过完整的 CI，如著名的电视机机佳佳的标志、润训 CALL 机、宝仪矿泉水……这是我们的作品集。我相信我们有实力做好你们酒店的 CI。"艾总露出了一丝微笑，回答道："那就给你们一次机会吧，你们和香港公司各自设计一个方案，公平竞标吧。"

吴迪一听，满怀希望地赶回深圳和公司的其他设计师一起连夜投入工作，在规定的时间赶往珠海。方案上交后，吴迪坐在酒店大堂的咖啡厅里等待结果。这是一家海景酒店，风景非常优

_____

① CI，也称 CIS，是英文 Corporate Identity System 的缩写，包括企业名称、标志、标准字体、色彩、象征图案、标语、吉祥物等方面的设计。

美，他望着窗外一望无际的蓝色大海，心中充满了自信。不到一小时，艾经理的秘书张小姐来到吴迪面前告诉他说："你们中标了！方董和艾经理一眼就相中了你们设计的LOGO，说就是它了！虽然香港公司出的价格比你们的低，但方案没你们的好，方董和艾经理决定还是用你们的。"随后她将吴迪带到了董事长办公室，艾总一改原来严肃的表情，非常热情地请他坐下，交代了一些细节，然后与吴迪握手告别。

吴迪没想到老外办事效率这么高，他发现与老外打交道非常简单纯粹，没有那么多潜规则，当然前提是你的作品好、有实力。

由于给这家酒店设计的CI非常成功，吴迪他们公司在这一领域打响了第一炮，成为内地首家专门给酒店设计CI的公司。吴迪的事业做得风生水起，经常通宵加班或是到全国各地出差，甚至到国外参展。

就在这时，曾瑗发现自己怀孕了。曾瑗说："我们总不能还挤在这么小的单身公寓里吧？"吴迪说："现在公司刚起步需要资金，我还买不起房，我们先租个大点儿的房子好吗？"曾瑗答应了。

怀孕期间曾瑗的妊娠反应非常厉害，吃什么吐什么。吴迪又非常忙，没有时间照顾她。这时吴迪的妈妈已经退休，而曾瑗的父母还在上班，吴迪就让妈妈来帮忙。

曾瑗只是在大学时见过吴妈妈，彼此都不太熟悉。曾瑗只听吴迪说过她母亲与父亲是青梅竹马。吴妈妈很小的时候母亲就去世了，家里比较穷，所以很能吃苦。吴迪的妈妈文化程度虽然不高，但人很聪明，做得一手好菜，是位以家庭为重的贤妻良母。

婆婆果然非常能干，她承包了几乎所有的家务，连早饭也是做好才叫他们起床吃。她与当年在大学时给曾瑷的印象很不一样。当年的吴妈妈，很是威严，让人害怕，而真正生活在一起才发现原来她挺和蔼的。由于从小吃过很多苦，她对生活有许多感悟，是个有大智慧的长辈。虽然吴妈妈的很多生活习惯与曾瑷的不太一样，比如喜欢大声说话，喜欢将未干透的潮湿的衣物收起来，喜欢一些热闹的民歌等。但因为这都是些小事，所以大家生活在一起也就相安无事。

就在全家人期待着小宝宝降生时，单位贴出公告，政府开始分福利房了！那是一个大型的生活社区，配套设施完善，房子专门分给公务员、医生、教师、警察。价格只有市场价的四分之一。曾瑷以为自己来深圳的时间短，尤其是调到事业单位的时间更短，肯定没有自己的份，没想到自己居然榜上有名。只因曾瑷的硕士文凭加了四分，一下子弥补了她来深圳时间短及年龄小的弱势。

在选房的那一天，曾瑷感觉自己好像做梦一样。当她最后选中了一套离公园及小区幼儿园、小学都很近的山景房时，她想起了在杂志社时宋海归跟她说的话，她真的没想到自己竟然梦想成真了。全家人为此欢呼雀跃。很多人觉得深圳非常好，繁华的城市、清新的空气、蔚蓝的天空、可观的收入、大量的机会，吸引了国内外众多年轻人。而对于曾瑷来说，由于在上海的单位起点太高，所以这些优点对于她来说并没有太大的吸引力，如果不是因为吴迪，她不觉得这座城市有什么特别好的地方。正是因为这些特点，深圳是仅次于北京、上海、广州的竞争最激烈的城市。这座城市的竞争及生存压力也是巨大的。有句话是这么说的："来深圳的人就像大浪淘沙，来了一批又一批，留下的都是人精！"但这次政府分房让曾瑷第一次感受到这座年轻城市迷人的魅力，她发现在这里只要你努力，还是有很多机会，还是很公平的。尤其是这一切都是通过自己的努力，而不是靠父母或是其他手段获得的，她感到特别骄傲自豪！

很快孩子出生了，是个男孩，他们给孩子起名叫吴爱鹏。那一年，曾瑗家真是双喜临门。分了房子，生了孩子，还买了车。当他们搬进安静宽敞、装修一新的新房时，当整齐的保安队伍凌晨五点就列队在小区巡逻时，当她每天早晨起床看到窗外公园里的荔枝林时，当她每天听着鸟叫声起床、闻着花香上班时，曾瑗感到从未有过的幸福和满足。她有一种做梦的感觉，她觉得深圳真是个神奇的地方，也是个可以使梦想成真的地方。只是这时的张阳还是孑然一身。曾瑗想如果他当时已结婚，凭着他研究生的学历，大学教师的身份，这次分房也应该有他的份。曾瑗劝张阳赶紧找个女朋友，说下次分房说不定就有机会。

第九章　迎新晚会

　　深圳是一座变化快、压力大的城市，路边的小店经常变换着主人，原先的平地没多久就建起了高楼，小区的邻居间不仅互不相识，有的刚混个脸熟就又搬家了。曾瑷他们学校为了适应人才市场，教学内容也经常变换，曾瑷很想将一门课上精上深，但她发现深圳好像不是做学问的地方。每到春节这里就成了一座空城，让人有一种客居的感觉。

　　生完孩子回学校工作后，曾瑷觉得当了母亲比从前累多了，白天上班，晚上回家还要照顾孩子，幸亏有婆婆帮忙，否则她都不知道该怎么办。而学校里的工作压力还是挺大的，首先要求坐班，不像从前在上海那所高校教书是弹性坐班制。其次除了经常有各种教学检查，为了保证教学质量，学院还出台了教学质量三方评价制度。每位老师期末要接受系领导、学生及教学督导的评分，三方汇总后系统自动给出一个最后的排名，并在全系公布。三方评价结果为 C 的老师不仅会被扣除奖金，而且还会影响评职称和评优评先。这就像是一个紧箍咒，使大家一刻也不敢放松。更让曾瑷及每位老师紧张的是，如果老师上课迟到了，五分钟以内是一般教学事故，15 分钟以上是严重教学事故，还要全校通报并扣除学期绩效奖金，影响评职称，同时系主任也要被扣除当月奖金并连带全系取消学期评优评先的资格。所以同事们都开玩笑说："同一个学校同一个梦想（One School One dream）。"

在这样紧张的教学氛围下，曾瑷努力工作着，除了上课之外还当了班主任，业余时间还发表专业论文，并为学生联系企业进行校企合作。由于班主任工作表现突出，她被评为省级优秀班主任，还在全校教职员工开学典礼上作为教师代表发言，在教学质量三方评价中非常荣幸地获得了 3A。这是一项需要得到系领导、专业督导、所教的近百名学生的认可才能获得的荣誉。有压力才有动力，曾瑷虽然觉得辛苦，但辛苦之余又觉得一切都是值得的。

每学期期末是老师们最忙的时候。由于学校教学管理十分严格，除了三方评价还有期初、期中、期末教学检查。学校会对老师们的教案、教学计划、试卷及大纲等进行抽查。如果发现有严重的错误均会被归为教学事故。每学期期末要上交教学计划、教学大纲、自编讲义、授课计划、毕业实习计划、教学日志、学生考勤、教案、课件等。期末班主任还要给学生写评语。这就是一线教师工作的真实写照。加上各种全校大会、全系大会、教研室会议、班主任会议、党员会议等，教师的压力是相当大的。就在这繁忙的期末，学院又迎来了每年一度的迎新活动。老师们只好忙里偷闲，利用下班时间排练节目。学校是个藏龙卧虎的地方，每年的晚会都非常成功，给人以听觉、视觉上的双重享受。今年的晚会系里让大家出谋划策，许多老师都说工作太忙压力太大，没时间也没心情演出。年轻的系主任听着大家发牢骚，突然一拍桌子说："有了，我们就针对学校检查多、老师们压力大这件事排个小品如何？"大家一听来劲儿了，原电影学院导演系毕业的冯老师和系主任一起编剧本，曾瑗挑演员，他们悄悄地编了小品《就这样被你征服》，专门针对学校中的一些不合理现象。小品借用了周星驰电影《功夫》《国产007》《天下无贼》及《无间道》等一些搞笑片段，将背景对话做了修改，曾瑗在其中扮演教学秘书，系主任也亲自上阵，整个小品幽默辛辣。那年的晚会，当这个节目演出结束后，全校老师起立鼓掌，许多人主动上前与系主任握手，都说他是个英雄。而教务处贾处长的脸上一阵白一阵红，非常尴尬。开明的院长却笑得最大声。他还夸奖小品轻松搞笑有创意，并且在随后的教学管理中进行了改革，取消了三方评价中 C 的硬性指标，并对连续多年得 3A 的老师加大了奖励力度，给予其免检的机会，并减少了检查的次数。那年的晚会可以说是空前绝后的。大家都非常佩服演员们的勇气和才气，也为院长体察民意而感动。

当晚曾瑗还叫来了已经放假的张阳来学校看她的演出，吴迪因为工作繁忙没来。这几年间别人给张阳介绍过好几个女孩，但都没成，曾瑗笑着问张阳："今晚当主持人的女老师不错吧？要不要我介绍你们认识？"张阳笑而不答。

理想主义和英雄主义有时是要付出代价的。那次演出由于得罪了教务处处长，在随后的日子里，曾瑗他们吃了不少苦头。

先是教务处抽查他们系的次数更多了，系主任经常被教务处找去谈话，认为系里老师的教案不规范。曾瑗撰写的校本教材

（校内使用的教材）上报到教务处时总是被退回，教务处处长批评她写得太差劲儿！更有甚者说曾瑗工作态度不认真，不让曾瑗开设专业选修课。曾瑗几次想放弃，想多花些心思照顾孩子和家庭，就跟系里说不写了。但系主任人很好，鼓励曾瑗："你都写了三年了，别人说你不好你就觉得不好啦？我觉得你写得挺好的，你再修改一下，拿到外面找个出版社出版给他们看！"曾瑗受到了鼓舞就试着找了几家出版社，没想到好几家都愿意出版，而且是免费出版！某家出版社的编辑不到一周时间就看完了她的文稿，并通知她抓紧时间修改，争取马上出版。这就像是曾瑗前进路上的一盏明灯、一把扶梯，在曾瑗最彷徨无助的时候给予她最有力的信心！在深圳见惯了潜规则，见多了阴暗面，曾瑗的心有时已变得麻木不仁，也很少感动，但此刻曾瑗觉得自己的心再次飞扬起来了，她发现在事情未完成之前，一切都看似不可能，但只要你肯坚持去做，一切又皆有可能。

　　教材出版后不仅市场销量超出曾瑗的想象，而且还在全国优秀科研成果评比中获得了一等奖。曾瑗深感上天是公平的，在如今这个浮躁的世界里能静心钻研学问的人不多。为了写这本教材，曾瑗一边带孩子，一边当班主任，每周上16节课，还要联系企业推荐学生就业。在这种情况下，她还查找了多种图书，准备了上千份资料，到访企业调研，多次对教案进行修改，前后用了三年时间才完稿。她再次感到任何时候都要对自己有信心，越是困难越不应放弃！逆境和阻力会成就一个人。如果不是因为多次被否定，被打击，她也不会坚持将书稿完善并出版。她对那些曾经为难过她的人一下子释怀了，并深感做人一定要大气不计较，在遇到困难时不要伤心难过，要微笑面对，保持一颗积极乐观的心态最重要，这样任何人任何困难都打不倒你！千万不要太看重别人对你的看法和评价，因为很多时候很多事情只能靠自己！她想起曼德拉说过的一句话："当我走出囚室迈向通往自由的监狱大门时，我知道，倘若自己无法抛下痛苦与怨恨，那么我其实仍在狱中。"

在编辑的鼓励下，曾瑗又出版了第二、第三本专业教材，并以案例式专业教材为特点，以真实案例为背景，将理论知识融于其中，深受学生和企业的欢迎。

但同时教务处的某些人还是逮着机会就为难她，最可笑的是说曾瑗的教材不符合学校的要求，不允许在校内使用，这让曾瑗感到无奈和无助。

曾经的理想主义，曾经的英雄情怀，曾经的年少轻狂，最终被现实击得粉碎。她想做一回《流星花园》里的那个坚强、勇敢、不惧恶势力的像小草一样生命力旺盛的杉菜，结果英雄没当成还差点儿成了狗熊！

就在曾瑗有些消沉的时候，某天有一位教学督导来听她讲课，什么是教学督导呢？在曾瑗学校那可是关乎教师生死存亡的重要人物，他们是专门来听老师授课，并给老师评价打分的。他们的评价占期末评价的30%，关系到老师的评优评先、职称评聘甚至是新教师的录用。他们也就是前面所说的三方综合评价体系中的一方。曾瑗一贯是个认真负责的老师，很有亲和力。那堂课上得很成功。那位王督导听完课没说什么就走了，曾瑗感到忐忑不安。第二天，系领导突然找曾瑗谈话：督导向他们反馈曾瑗上课认真负责，不仅关注学生课堂教学还注重学生思想品德及职业素质的培养，针对毕业班学生，向其发放了大量与未来就业相关的补充资料，是位尽心尽职的好老师，建议系里让曾瑗开个公开课让大家学习一下。曾瑗听到这个消息非常感动，她没想到在她饱受非议、被人百般刁难的时候，王督导给予了她肯定和赏识，这对她是莫大的鼓舞和安慰。王督导的仗义执言就像荒漠里的甘泉滋润了曾瑗的心，她的同事们也为她感到高兴！那年期末曾瑗再次获得了学生、系领导、督导三方综合评价 3A 的成绩。而那位王督导经常将自己教学中的资料、宝贵经验及企业资源无私地介绍给每一位老师和相关系部，他的善行和人品受到每位老师深深的爱戴！由此，曾瑗想起舒婷的诗《这也是一切》：

不是一切大树，

都被风暴折断；

不是一切种子，

都找不到生根的土壤；

不是一切真情，

都流失在人心的沙漠里；

不是一切梦想，

都甘愿被折掉翅膀。

不，不是一切，

都像你说的那样！

不是一切火焰，

都只燃烧自己，

而不把别人照亮；

不是一切星星，

都仅指示黑暗，

而不报告曙光；

不是一切歌声，

都只掠过耳旁，

而不留在心上。

不，不是一切，

都像你说的那样！

不是一切呼吁都没有回响；

不是一切损失都无法补偿；

不是一切深渊都是灭亡；

不是一切灭亡都覆盖在弱者头上；

不是一切心灵都可以踩在脚下，烂在泥里；

不是一切后果都是眼泪血印，而不展现欢容。

一切的现在都孕育着未来，

未来的一切都生长于它的昨天。

希望，而且为它斗争，

请把这一切放在你的肩上。

　　那年，在全校教职工开学典礼上，曾瑗作为教师代表做了"梦开始的地方"的发言。她把学院当成了自己事业重新起航的地方，她已深深爱上了教师这个职业，她愿意为之奉献自己的青春和力量。她要在鹏城，在学院"昂首阔步从头越，敢与日月竞苍穹"！

第十章　拼爹时代

　　转眼之间，吴爱鹏到了上小学的年纪。曾瑗本来没有其他打算，觉得小区内的小学就挺好，位置好，就在家对面；环境好，围墙外就是公园；生源佳，都是公务员、老师、医生、警察的孩子。可是看到儿子幼儿园同学的家长都忙着找关系或是买学位房想进深圳的四大名校时，曾瑗也有点儿坐不住了。她对全市的小学及学位房进行了地毯式的搜索研究，想找一个学校本身教学质量好，离单位近，小区环境好，同时价位也能接受的房子。她发现园岭片区是名校扎堆的地方，有园岭小学、百花小学、实验小学等，但那边的学位房比较旧，小区环境不太好，价格又高，曾瑗不愿意因此而让全家人的生活质量打折扣。南山片区是新崛起的教育强区，那的学校环境优美，理念先进，但离曾瑗上班的地点太远。经过大半年的选择比较，最后曾瑗选定一所小学初中九年制的学校，并在离学校一墙之隔的一个小区看中了一套学位房。当时学位房的价格比普通商品房高了一倍，而且小区环境也比不上他们现在住的房子。吴迪不太愿意，说房价太高了，不合适，日后会降的。曾瑗等了一个月发现不仅没降反而升值了，她决定马上出手。就在鹏鹏 5 岁半的那年，他们买下了在深圳的第二套房，为了孩子的教育，开始了孟母三迁的生活。

快开学了，学校安排好了分班。一入学有个摸底考试。鹏鹏的成绩属于中上，分到了五班。班主任是个慈眉善目的中年女教师。

自从鹏鹏上了小学后，曾瑗感觉比上幼儿园时更忙了，每天上午要有人送鹏鹏去上学，中午要有人接回，下午也是一样。三餐都要在家吃，不像在幼儿园只有晚餐在家里吃，家里还真是缺不了人。尤其是一年级的孩子，老师说要培养好的学习习惯，所以每天曾瑗一下班，还没来得及喘口气，就进屋检查鹏鹏的作业。她发现孩子的字写得乱七八糟，歪歪扭扭的，这也罢了，更让人烦心的是他的数学成绩不太好。情急之下，曾瑗马上考察了周边的教育培训中心，发现教育培训市场是一片红海，热闹非凡，名目繁多。有各种乐器、舞蹈、美术、游泳、球类等兴趣班，学习类的更不用说了，如小学阶段的语、数、英，中学阶段的数、理、化。兴趣班的收费还特别高，钢琴一小时最低 150 元，如果想请名师那就没谱了，比如教过李云迪的老师一小时至少800 元。还排不上号。而语、数、英一对一的话，一节课 45 分钟就要 500～800 元。小组课会好些，但一学期下来也是笔不小的开销。考虑再三，曾瑗给鹏鹏报了一个书法班和学而思数学班。为了报上学而思的数学班，曾瑗费了不少心思，因为要选到离家近、老师好、时间合适的班级是不容易的，而且每个班级都非常饱和，想插班、调班都不容易。虽然可以网上报名，但必须在指定日期现场办理转班。为了让鹏鹏上那个所谓的目标班，也就是以四大名校为目标的班级，曾瑗特意请了一天假，在学而思指定的时间和地点赶到培训现场，排了近 1 个小时的队才好不容易将鹏鹏从普通班转到目标班，而且还是最后一个名额。

经过一段时间的补习，鹏鹏的数学成绩有所提高，可是语文又出了问题，作文被老师点名要家长注意帮助孩子提高。曾瑗觉得那边的火刚灭了，这边的火又冒了，真是焦头烂额，她又开始找语文补习班。不深入了解还好，一了解发现，语文比数理化难补多了，因为这不是立竿见影马上见效的事，需要沉淀和积累。许多培训机构都不搞语文培训，因为他们知道这是一块吃力不讨好的领域。她决定自己亲自辅导鹏鹏，从背《弟子规》等国学经典开始。她想不管怎样，孩子打好国学基础，一定会受益终身的。

吴迪听说曾瑗给鹏鹏报了数学班，觉得很没有必要，说那么小的孩子没必要上补习班，让孩子寓学于乐，他建议给鹏鹏报一个乐器或是足球类的班，说是有个业余兴趣爱好，技不压身嘛。曾瑗想想也对，又听音乐老师说钢琴是乐器之王，只要学好钢琴将来想学别的乐器都很容易，于是给孩子买了钢琴。期间为了找准鹏鹏对乐器的兴趣点，又买了吉他、单簧管、口琴，加上家中原来就有的手风琴，都快成卖乐器的了，可是音乐家没培养成，鹏鹏对钢琴的兴趣也与日俱减，曾瑗觉得进退两难。

就这样，曾瑗带着鹏鹏，周末穿梭在各大培训机构中，大把大把地往培训机构送钱。曾瑗发现生活是很现实的，处处都需要钱，需要人脉，要给孩子良好的教育没有一定的物质基础是不可能的。

　　而看到身边一些人靠父母或是凭关系少奋斗了好多年，轻松地获得了一些名利，曾瑗有时也会想自己如果当初不那么自以为是，不那么任性逞强，不那么理想主义，跟着吴迪留在百安或是回上海，那么现在的生活也许会轻松很多。她现在开始理解婆婆当初为什么反对她和吴迪在一起了。

　　有时她会在吴迪面前抱怨说："你看我们单位新来了女老师，因为父亲是某医院院长，所以没有参加考试直接入了编，还有个女的因为老公是市委领导，所以这次提拔干部，本来至少要本科以上学历才可以，她是大专，而且明摆着能力不行，可还是提拔了她，你说是不是太不公平？我看女人干得好不如嫁得好！"

　　吴迪听了很不以为然，说："靠山山倒，靠水水不转。还是靠自己比较踏实，你不要在孩子面前说这些负面的话，会误导孩子的，我们鹏鹏要靠自己，一样能成功！"

　　为了实现不靠爹妈靠自己的理想，在竞争激烈的现实社会中能独立生存，曾瑗继续带着鹏鹏学习各种本领，恨不得将鹏鹏练就成十八般武艺样样精通的全能型少年。婆婆经常劝她说，千万不要让孩子太累了，让他多睡多玩最重要！

第十一章　一地鸡毛

　　转眼鹏鹏已到了二年级，一天吴迪的爸爸给吴迪打来电话说是老太爷最近身体不好，作为长子媳妇，他希望吴迪妈妈回家照顾老人一段时间。当晚吴迪就找曾瑷商量，他说："老太爷快 90 岁的人了，爸爸也快退休需要人照顾，鹏鹏已经长大，我们不能光想着自己。"曾瑷一听心里非常着急，她知道虽然家离学校只有 5 分钟的路程，照理鹏鹏上学也完全可以自行前往的，可是在深圳这座流动人口众多的城市，曾瑷经常听到孩童走失的新闻。尤其是最近一所学校有一个 11 岁男孩被绑架撕票的事让家长们都心有余悸。接送的事暂且不说，午饭、午休也成问题。鹏鹏的学校没有午托班，校外午托班大都不正规，让人放心不下。可是曾瑷又不好强将婆婆留下，就赶忙去了学校附近的几个午托班转转，有的是开在住宅楼里，小小的三房一厅，每间房子里放着几张上下铺，拥挤不堪，曾瑗悄悄地观察了几天孩子们的伙食，发现肉很少，饮食卫生也让人不放心。有时中午就只有一碗米粉和几根火腿肠，有些孩子嫌没味道就自己加了些酱油拌着吃。而且午休时有些孩子不睡还吵别人。她又去了一家规模较大、正式挂牌注册的午托机构，大大的房间里，地上铺满了像瑜伽垫一样大小的垫子，中午孩子们就睡在上面。曾瑗实在不放心让鹏鹏睡在地上，加之晚上鹏鹏放学时，她和吴迪都还没有下班，也不放心让他一个人回家。思前想后，曾瑗决定请已经退休的父母过来帮忙。曾瑗马上给父母打了电话，曾瑗妈妈虽然不想离开上海，但又不想让女儿为难就答应来帮忙了。

婆婆走的第二天，曾瑗的父母就来到了深圳，一到家正好是下午鹏鹏放学的时候，曾爸爸来不及喝口水就说要去接外孙，还开玩笑说他这是马上顶岗上班了。曾瑗看到父母来帮忙，感觉心里轻松了好多，也对父母及公婆充满了感激。她觉得父母长辈的恩情真是难以报答，自己都这么大了还是需要老人的帮忙，而自己又为父母长辈做了多少呢？父母长辈总是将子女的需要放在第一位，将他们个人的需求放在最后，这世上真的是除了父母再也没有别人会那么无怨无悔地对待自己了。父母的到来给曾瑗解除了后顾之忧，让她对家和万事兴的这句话也有了新的认识。她意识到只有家人和睦相处，互帮互助，大家心情好身体也就健康，身体健康了心情就更好了，这样良性循环。子女没有了后顾之忧才有精力干事业，事业成功了才更有能力照顾好老人小孩，才更有可能给家人更好的生活，减轻他们的负担。

曾瑗的父母来深圳不久，吴迪想要扩大公司的规模，就跟曾瑗商量想将房子抵押给银行贷点款。曾瑗不同意，她说："就现在你已经整天忙得不着家，要是规模大了岂不是更忙了，我们现在都人到中年，上有老，下有小，他们都需要我们。我不求你大富大贵，只求你健康平安，多点时间陪陪家人、孩子，有时间锻炼身体，这才是我想要的生活。"但吴迪执意想要进一台新设备，他看曾瑷不同意就瞒着曾瑷借了高利贷。他想证明给曾瑷看，他的眼光是对的！购入新设备后，吴迪更忙了，有时晚上都睡在公司。曾瑷一边上班，一边忙着照顾孩子，经常觉得心力交瘁。一天晚上孩子突然发高烧，曾瑷急得给吴迪打电话，可吴迪说今晚他们公司连夜赶活回不来，说小孩感冒生病是常有的事，让曾瑷自己带孩子去医院。曾瑷顾不上生气，叫上妈妈陪她打的去了儿童医院。

曾瑷没想到晚上儿童医院急诊室那么多人，光是排队挂号就等了半个多小时，接着等医生又是半个多小时，孩子的小脸红红的，身上烫烫的，精神萎靡不振，看得人好着急。好不容易轮到曾瑷他们了，医生花了 5 分钟看了一下鹏鹏的喉咙就说要打吊针。无奈之下曾瑷让妈妈抱着鹏鹏，自己跑上跑下地去缴费、取药。等拿到药水准备打针时发现打吊针处又要排队等候近 1 个小时。因为里面位置不够，曾瑷他们只好坐到了露天草坪旁边的长凳上，她发现大家都用一根长长的晾衣竿来挂吊瓶。她赶紧向招揽生意的小贩买了一根。好不容易轮到鹏鹏打针了，孩子大声的哭闹，让人又心疼又心烦。在医院露天昏暗的路灯下，曾瑷抱着鹏鹏，妈妈举着挂吊瓶的晾衣竿。一想到第二天还要上四节课，曾瑷有种快要崩溃的感觉。等打完吊针，已是 12 点多，曾瑷很想给系里打电话请假，可是心想临时请假也找不到代课老师，那么多学生等在那里如何是好，最后决定还是坚持去上课。

回到家中，因为担心孩子半夜再次发烧，曾瑷一晚上都没敢睡，一会儿起来摸摸鹏鹏的额头，一会儿给他盖盖被角，直到凌晨才昏昏睡去。一睁眼发现都七点二十了，而八点钟必须到校，万一迟到那可是教学事故啊！曾瑗一看时间这么紧了，吓得连早饭都来不及吃，匆匆忙忙吩咐妈妈按时给鹏鹏喂药、有事给她打电话之后就冲出家门。高峰期的士特别难打，好不容易看到一辆空的却被别人抢先坐上。曾瑗急得满头大汗，想起整个晚上吴迪竟然一个电话也没打回来，曾瑗在心里恨恨地说道："要是他在家还可以送我一下，现在真是什么也指望不上啊！"情急之下，曾瑗试着给张阳打了电话："你有空吗？能马上过来送我去学校吗？"张阳一听也没多问，马上说："正好我今天没课，你别急，我马上来。"当张阳的黑色小车停在曾瑗的面前时，曾瑗像见到救星一样迅速上了车，路上她简单说了一下鹏鹏生病的事，张阳听说吴迪整晚没回，轻轻说道："那你为什么不叫我帮忙？"曾瑗来不及回答，车已到了学校门口，她在最后一刻冲进了教室。

　　几乎一晚上没睡，又着急上火没有吃早餐，曾瑗的脸色十分苍白，人也有气无力的。在上到第四节课时，已近12点，她突然两腿一软整个人晕倒在讲台上。学生们吓得将她抬到校医室，医生给她喝了葡萄糖水之后她才缓过劲来。幸好下午没课，她向系里请了假准备回家休息。她本想给吴迪打个电话让他来接，可一想他昨天整晚都没有回来，心里还在赌气，就一个人坐公交车回去了。回到家中，妈妈焦急地迎上前来说："哎呀，鹏鹏的烧还没有完全退，现在还是38度左右，你看怎么办？"曾瑗来不及告诉妈妈自己晕倒的事，赶紧来到鹏鹏床前摸了摸他的额头，看他精神状态还好就跟母亲说再坚持吃一次医生的药观察一下再说。她本想上床休息一会儿，可母亲说她昨天没休息好，白天照看鹏鹏也很累，导致现在血压有点高。曾瑗一听赶紧让她去床上休息，自己挣扎着去厨房准备晚饭。九点多时，吴迪回来了。他阴沉着脸，满脸胡茬，满身的烟味，也没问鹏鹏的病情，说自己昨晚加了一晚上班都没睡，累得不想说话。曾瑷本想向他诉说一下委屈，可一句话也说不出口了。

夜深人静时，她看着身边打着呼噜的吴迪和因为生病消瘦的鹏鹏，筋疲力尽。她想起张阳、想起上海，想起从前……她在想如果回上海是不是不用这么辛苦？如果跟吴迪留在百安是不是生活会轻松些？如果和张阳在一起，在最需要他的时刻他是不是会在身边？

第二天早晨，曾瑷看鹏鹏烧退了，人也精神了不少，就去学校上课了。走的时候吴迪还在沉睡，曾瑷带着满腹的委屈离开了家。她觉得与吴迪的沟通越来越少了，吴迪越来越不顾家，她心中的怨气也越来越多了。

第十二章　危机四伏

　　就在曾瑗对吴迪越来越不满的时候，吴迪的公司正面临着巨大的危机，由于国家颁布了相关文件，酒店生意非常不景气，连带着许多产业都受到了冲击。吴迪公司的业务也深受影响，许多设计公司都撑不下去了。同行之间互相压价的恶性竞争让吴迪公司的设计费用越来越低，原本可以挣几万的生意现在只能挣几千甚至几百，利润空间越来越小。吴迪感受到了前所未有的压力。加上公司又引进了大型设备，而订单却骤减，资金周转出现了困难。他几次想开口让曾瑗从家里拿点钱出来救一下急，却不好意思开口。高额的利息、昂贵的租金、员工的工资，这一切都压得吴迪喘不过气来。他有好几次想找曾瑗商量，可经常晚上回来时曾瑗已睡着，早上起来时她已去上班。加之近来吴迪很少在家帮忙带孩子、做家务，他知道曾瑗对他很有意见，所以更加不敢开口了。

一天，曾瑗突然接到一个人的电话，自称是吴迪的朋友，他告诉曾瑗吴迪在他那里借了很多钱，现在时间到了，希望吴迪能尽快还钱。曾瑗一听整个人都懵了。

当晚她将鹏鹏哄睡着后，在书房一直等到吴迪回来，很严肃地问吴迪："你公司最近生意如何？"吴迪支吾半天回答说还行。曾瑗说："你已有近半年没有拿一分钱回来了，整天忙得人影都见不着，今天有人打电话给我说你在外面欠了很多债，是不是真的？"吴迪一听知道瞒不过去，就将近况跟曾瑗坦白了，希望曾瑗能支持他继续坚持下去！曾瑗听了心里十分难过，她对吴迪说："你能不能不要再一意孤行，我早就劝过你心不要太大，差不多就行。我也没有指望你挣大钱回来，我只希望全家人平平安安地过日子就行。现在你孩子不管，我晕倒了你也不管，家中老人你也不管，就为了自己所谓的事业，我觉得你这种做法太自私了，从不考虑别人的想法。你根本就没有分清生活中最重要的事到底是什么！现在你还瞒着我在外乱借钱，如今拖累全家人，你真的应该好好反思一下这样做到底对不对！我希望你趁早收手不要再干了！找个单位给别人打工，把债还了，也不用那么辛苦，你也有时间锻炼身体、照顾家人，我真的就很知足了。"吴迪说："那是不可能的，我不能半途而废，我要坚持到底。你不支持我，我自己想办法。"说完赌气地摔门而去。

曾瑗想起这两年吴迪为了扩大公司规模晚上很少回家吃饭，就连周末都很少在家陪他们母子，家务事曾瑗几乎全包了。孩子的教育和辅导、老人的照顾全是曾瑗一个人承担。如今吴迪又不听劝阻欠下了巨额外债，她感觉自己快要崩溃了。她有种想要逃离这个家、逃离这一切的冲动，她觉得没钱不是问题，问题是两人之间似乎已经无法沟通，他俩之间的价值观和人生追求似乎也渐行渐远。她第一次有了想要离开吴迪的念头。

吴迪离开家后一个人到小区公园的长凳上坐下，由于工作压力大，他学会了抽烟。猛吸了一口烟后，他想起了故乡，第一次感到有些后悔，甚至怀疑自己的选择是否正确。是不是当初应该留在百安，一切都是现成的，曾瑗也不用跟着他受苦。他发现生活太现实，而现实太残酷。他想起了一句话："仅有爱情是不够的。"他对未来感到迷惘。

天黑了，吴迪还没有回家，曾瑗有些着急，她忍不住给张阳打了电话，张阳很快就来到她家，他俩坐在小区楼下的亭子里，张阳劝她道："这是吴迪最困难的时候，你不能就此离开，否则对他的打击是致命的。这时候，你一定要鼓励他、支持他，你要相信吴迪，你要相信一切都是暂时的，一切都会好起来"曾瑗想起这些年来在深圳，他俩白手起家，没有后台、没有背景，完全靠两个人自己打拼。自己凭着读书深造、努力工作而改变生活。虽然有时觉得挺辛苦，但她相信知识就是力量，而且读书和学习是她依靠自己就可以把握的东西！

她让张阳给吴迪打电话劝他回家，吴迪回来后，张阳将自己的银行卡留给吴迪，说："这里面有十万块，你先拿着用吧！"吴迪感激地握住张阳的手，一句话也说不出来。

送走了张阳，曾瑗再次劝说吴迪，告诉他自己的心愿，希望他不要再这样硬撑下去，劝他别再继续干了，找个工作，压力也没那么大。她愿意帮他偿还债务。可吴迪说："这是不可能的，如果这样会前功尽弃的！你想过我的感受了吗？希望你能理解并支持我想成功做点事的想法，人活一辈子，难道就不能让我为了自己的理想而活吗？"

曾瑗很不高兴地说道："可是面包比理想更重要，孩子要上学，要学钢琴、学游泳，老人要看病，还有管理费、电费、生活费、钟点工的费用等，深圳的物价那么高，这些都需要钱，你不能为了理想而不顾现实，把压力推给我一个人来承受！"吴迪说："那都是暂时的，你给我点时间，一切都会好起来的！"

曾瑷看说服不了吴迪，一赌气到孩子的房间跟鹏鹏睡了。两个人的关系陷入了冰点。

曾瑷的父母察觉到了他俩关系的不正常，一天，母亲找曾瑷聊天，问："你们俩是不是吵架啦？我看你们好像不对劲。"曾瑷实在忍不住就跟母亲说："妈妈，我跟他快过不下去了，我很想离开他。你不知道他都做了些什么，他瞒着我在外面借高利贷，现在公司出现了财务危机，运转很困难。我劝他别干了，他却不听。我不是嫌他没钱，主要是我们俩现在无法沟通，而且想法不同，追求不同。他不听劝阻，一意孤行，家里的事都不管，都半年多了也拿不出一分钱来补贴家用，整个家都是我在撑着，对我和孩子漠不关心，我受不了了！我要离婚！"

母亲一听非常着急，忙劝曾瑷："当初我并不太同意你和吴迪的婚事，我知道你选择的是一条不好走的路，但既然已经结婚了，就不要轻易提'离婚'这两个字，我觉得吴迪这个人心地善良，人品不错，只是暂时事业不顺，你要支持他，不要任性。而且有小孩后就更不能只考虑自己，要多想想孩子的感受，否则将来你会后悔的，离婚对孩子的伤害是非常大的。资金的缺口有多大？如果你们实在困难，我们可以帮忙先垫上，我们共同想办法面对。"曾瑷一听非常感动，她深感在困难的时候父母总是会在第一时间给予自己最无私的帮助。她说："妈，我和吴迪没为你们做些什么，这么大了还让你们操心，真的很不孝，你们的钱我不能拿，你让我好好想想吧。"

　　夜深了，吴迪说公司很忙晚上住在员工宿舍，曾瑗一个人躺在床上久久难以入眠，她对未来充满了担忧，她甚至对自己的选择产生了怀疑。

第十三章　海外归来

正当吴迪为公司的事焦头烂额时，他接到了梦源的电话。原来梦源在国外留学，工作了几年后现在准备回国发展，说正好到香港转机，准备到深圳来看望一下老同学。

吴迪想起当年拒绝了梦源，心中有些愧疚，就答应了。因为害怕曾瑗不高兴，他没有告诉曾瑗，只约了张阳一起在一家西北风味的餐厅就餐。多年不见，他发现梦源比从前成熟多了，外加从大西洋彼岸带回来的一股海派风情，人更妩媚了。

他们聊到了过去，谈起了现状。梦源告诉吴迪，她准备在深圳搞教育培训，她很看好这块市场。吴迪说："你怎么不回百安接你爸爸的班？"

梦源说："就只许你独自外出打拼，我就不行啊？我也想靠自己做点事。"她还邀请吴迪一起干。她说她这几年在国外积累了不少经验，也带回来一些资源，还说："其实我在大学时就看好你，你是个有想法、有个性，天生适合做生意的人，我们俩一起干，一定能成事的。"吴迪想起曾瑗对自己创业的反对和埋怨，想起最近生意的不顺，心中有些失落。这次聚会，吴迪发现梦源和张阳一样还是单身。

晚饭后，吴迪让张阳送梦源回酒店。一路上，梦源跟张阳打听起吴迪的现状，听说他最近事业不太顺利，资金周转困难，夫妻关系紧张后，就跟张阳打趣道："其实我觉得吴迪和曾瑗不合适，你和曾瑗比较合适，因为你们俩家庭背景相同，都是上海人，又都在大学教书，曾瑗这个大小姐，从小娇生惯养没吃过苦，她哪里承受得了吴迪创业的巨大压力，她是个想过平静日子的女人。我觉得我比较适合吴迪，我们俩家庭背景相似，他爷爷也是做生意起家，官场和商场相结合，一定会做大做强的。可惜，吴迪不爱我，不过现在我也不在乎了。只是现在看到我当年心中的白马王子落魄至此，心中十分不忍，这样吧，你有吴迪的银行账号吗？告诉我，我这就给他打点钱过去。"

因为在大学时梦源曾经为难过曾瑗，所以张阳对她印象不太好，但这次见面，觉得她当年也是为了爱，也是可以原谅的，谁在年轻时没做过几件让人后悔的事呢？尤其是看她这么仗义，张阳对梦源的印象大为改观，心中也默默认可梦源说的那段话。

接下来，张阳陪梦源考察了一下深圳的教育培训市场，梦源觉得大有可为，就让吴迪帮忙在深圳园岭片区租了间房子，那可是深圳的教育强区啊，实验中学、园岭小学等几大名校都在那里，午托班、家教、各种培训班多如牛毛。吴迪告诫梦源："搞教育培训是不错，我们家鹏鹏就上了好几个培训班，他班上的同学也全部都在上各种各样的培训班，我觉得这个领域是大有可为的。但竞争激烈，你可要有心理准备啊！"梦源说："不怕，我的合伙者对深圳市场很了解，我主要是帮他搞管理。"

吴迪将梦源来深圳的事告诉了曾瑗，曾瑗一听，说："这个人我可不想见，也没时间见，我整天忙工作忙孩子的事累极了，真的没心情去见她，你也不许见，否则我可不饶你！"吴迪心想幸亏那天没告诉她一起吃饭的事。

过了几天，吴迪的账上突然多了三十万块钱，他查遍所有账目都没有查出这笔钱的出处，他感到很奇怪。他这张银行卡的账号除了张阳和曾瑗之外没有别的人知道，曾瑗是不可能给他汇款的，那是谁呢？他忍不住给张阳打了电话问："哥们，是不是你给我账上汇了钱？"张阳说没有，但经不住追问，最后告诉他是梦源。

吴迪知道后百感交集，他约了梦源见面，吴迪说："你刚办公司需要钱，你的钱我不能收。"梦源笑他说："吴大公子，你就当我看好你，入了你公司的股份行吗？等你将来发大财了，不要忘记给我分红就行。眼下你就不要客气啦，先用着吧。"吴迪想起曾瑗的吵闹和婚后的不修边幅，他想起了红玫瑰和白玫瑰，觉得眼前的梦源就像一朵红玫瑰，善解人意又鼎力相助，他的内心充满了感激，忍不住告诉梦源这几年创业中所遇到的一些困难。

他告诉梦源，创业以来他遇到过城管来找茬的、员工要无赖的、黑社会来敲诈的、客户拖欠款的……有一次，一名员工因不按规章操作造成工伤，吴迪不仅赔付了医药费，还亲自到医院守夜，并在他病假期间照常发放工资，还答应今后一定不会解聘他，这样这位员工还是不时地找各种理由要钱，没完没了。还有一次，快到春节了，一位员工说是要回家过年，让吴迪提前付两个月的工资，吴迪说这没道理啊，最多先付你一个月。没想到第二天一早，这个愣头青等在厂门口，一看到吴迪就堵住他，趁吴迪不注意，冲着吴迪下身就是一脚，幸亏吴迪反应快，一个反手上前将其制服。后来一打听才知道原来这名员工精神上有点问题，想想都让人后怕。而这些事，吴迪从来没有告诉过曾瑗，因为他怕曾瑗担心。梦源听着吴迪的述说，感慨万分，她问吴迪："你这是何苦呢？如果你留在百安哪里要受这些罪！"她心里为吴迪感到不值和心疼，这位她心中曾经的白马王子如今有了一种饱经沧桑的感觉。那天晚上吴迪酒喝多了，是梦源将他送回了工厂。

而这边他和曾瑗仍然还在冷战中。

第十四章　爱的使者

周六的晚上，曾妈妈看吴迪一个星期都没有回家，就叫曾瑗去公司看看他，曾瑗原来赌气不想去，可架不住鹏鹏的吵闹，鹏鹏说他想爸爸了，只好带着鹏鹏一起去看他。到了厂里已近晚上十点，曾瑗发现吴迪一个人躺在沙发上睡觉，肚皮上还睡着一条小狗，桌子上是没有吃完的盒饭，胡子拉碴，整个人瘦了很多，曾瑗的心一下子软了，怨气消了一半。鹏鹏跑到吴迪身旁嚷着："爸爸，爸爸，我们一起回家吧。"吴曾两人相视而笑，曾瑗的微笑给了吴迪勇气，他上前搂住娘俩说："好啊，我们一起回家。"同时哀求曾瑗："能不能让我将这只流浪狗旺财带回家？它前两天一直跟着我到了厂里，我看它可怜就收留了它，才两个多月大，我已带它看过医生，还给它打了疫苗，洗过澡，除了虫，很干净的。"曾瑗一听，很不高兴："那不行，我照顾鹏鹏已经够累了，哪有时间管它，你又经常不在家，谁遛它呢？"

这边两个人正在争执，那边鹏鹏已经和小狗狗打得火热，好像是认识了很久的朋友。鹏鹏听妈妈说不肯带小狗回家就哀求道："妈妈，带它回去嘛，我好喜欢它，我一定乖乖的不惹你生气，我带它散步，我给它洗澡。"

曾瑷听了只好说："那好吧，就带回去一天，周一我上班了就让你爸爸带它走。"

就这样小狗被带回了家。

而小狗的到来一下子打破了家中的平静，因为曾妈妈很怕狗，一见到狗就吓得慌忙躲开。她还担心这只狗会影响鹏鹏的学习。曾瑷虽然嘴上说不让养狗，但还是马上就去给它找来了睡袋铺在卧室的角落里，小狗竟然熟门熟路地钻了进去，一副很享受的样子，弄得大家都舍不得让它离开了。鹏鹏问吴迪给它起名了没有。吴迪说就叫它旺财吧，吉祥好记。曾瑷笑着说这个名可真俗！可没想到邻居们都说是个好名，没事都爱叫它，旺财的人气在小区越来越旺！

夜里旺财睡得很香，不吵也不闹，鹏鹏没想到它这么乖，就央求曾瑷多留它一晚，曾瑷竟然同意了。鹏鹏高兴得跳了起来，高高兴兴地上学去了。每天人还没进家门旺财就非常热情地冲到门口迎接大家，摇头摆尾，上蹿下跳，讨人喜欢。鹏鹏约了几个好朋友来家里看望它，小朋友们都很喜欢它，还给它按摩身子。

旺财在家待了一周后，曾瑷和曾妈妈还是执意要把它送回吴迪的厂里，鹏鹏只好依依不舍地让爸爸将它带走。不过曾瑷答应放寒假就接它回来。后来放寒假时，曾瑷让旺财在家里待了一个月。旺财善解人意的表现、几近三岁小孩的智商得到了全家人的高度认可。大家舍不得它走了，旺财就这样成了家里的一员。

　　曾瑗发现其实狗是通人性的，只要耐心教它，它就会听你的话，还很忠诚。狗的嗅觉很灵敏，不管主人多晚回来，哪怕它正在酣睡，主人远远的脚步声它都能听见，并以最快的速度冲到门口欢天喜地地迎接你的回来。即使你曾经打过它、骂过它，也不记仇，还是对你那么亲热，那么友好。有一天曾瑗不舒服，旺财大概是感觉到了，马上跑过去用两只爪子搭在床边，然后用它那双天真无邪的大眼睛望着曾瑗，用它自己的方式来安慰曾瑗，看得让人心生欢喜。有一天曾瑗大声批评鹏鹏，旺财马上冲到曾瑗面前冲着她直叫，好像在劝架。其实有狗的家气氛会很好，因为它不让主人吵架。自从旺财来到家里，鹏鹏变得更懂得照顾别人和小动物了，也更加独立了，因为有时曾瑗要照顾旺财顾不上他，他就只能自己照顾好自己了。

　　旺财的到来也使曾瑗和吴迪的关系缓和了不少，她觉得旺财简直就是爱的使者，虽然许多问题仍然未得到解决。

第十五章　不测风云

不管怎样，时间都不会停止它的脚步，一路向前。吴迪还在为他的公司努力着，曾瑗也在继续纠结着。她没有想到的是更大的考验正在她毫无意识和没有任何准备的时候向她逼近。

那年上半年，一向健康的曾瑗的父亲突然感到颈椎、腰椎疼痛。大家都以为这是老年人的常见病，况且父亲从没住过医院，也没有其他老年病，他们也就没往坏处想，并带他去长乐骨伤科医院看病。医生拍了片说是典型的颈椎病，大家也就没有那么担心，曾瑗还常常劝爸爸要多做运动，并买了按摩器具及各种膏药给爸爸用，可是都不见好转。于是她又带着父亲到市第二人民医院排队等一位骨科专家，光是挂号费就要100元。等了两星期，好不容易等到他们看病的那一天，那位专家近十点钟才姗姗来迟，看了之后，对曾瑗父亲说：“你这也不用再拍片了，人老了都会这样，也不用吃药，我教你几个动作，你回去经常做，包你一个月后就会有很大改善。"

到了中秋节，父亲依然觉得疼痛难忍，赶紧去医院检查，晴天霹雳，父亲的病竟然是肺癌，而且已经到了晚期，出现了转移。大家都惊呆了！一夜之间，曾瑷感觉天都要塌了。她上网查遍了所有肺癌方面的相关信息，到处打听治疗方案。没想到身边的许多人，他们的长辈都得过这种病。办公室 8 个人就有 4 个人的父母得过类似的病，而且据说肺癌是中国癌症病人中发病率最高的。他们安慰曾瑷要坚强面对，这是当代的常见病。据统计在去世的 4 个人当中就有 1 个是因为癌症去世的。近半个世纪以来人类对癌症的治疗没有任何实质性的进展，癌症是真正的绝症。想起那天在医院，曾瑷问医生："什么药可以控制一下病情？"医生说："如果能控制就不叫绝症了！"她完全傻掉了。

回到家中，冰箱里装满了爸爸买好的菜，客厅茶几上摆满了爸爸买好的水果，厨房里还有爸爸买好的米、油，甚至连给旺财的肉皮爸爸都已煮好。看到这一切，曾瑷和妈妈抱头痛哭。

一时间她和母亲真的不能接受这个事实，也不知该如何面对这件事。她加入了肺癌患者家属 QQ 群，登录了奇迹网。在上面大家互相鼓励，相互安慰，出谋划策。一些成功治愈的案例给了曾瑷勇气和信心。吴迪介绍了一本书让她看，是美国后人本心理学家、哲学家肯·威尔伯于 1991 年出版的《恩宠与勇气：超越死亡》，写的是作者的亲身经历。当年肯·威尔伯邂逅了美丽、活泼、聪慧的三十六岁的女子崔雅，彼此一见钟情，于是喜结良缘。然而，就在婚礼前夕，崔雅却发现患了乳腺癌，一份浪漫而美好的姻缘引发了两人共同抗战病魔的故事。他们煎熬了整整五年，最终崔雅因肿瘤恶化而不治。在这五年的艰难岁月里，夫妻俩各有各的痛苦和恐惧，也各有各的付出；相互的伤害、痛恨、怨怼，后来借由修行在相互的超越中消融，并且升华到慈悲与智慧的境界……在这个过程中，病者的身体虽受尽折磨，而心却自在、愉悦并充满生命力。在这部死亡日记中，女主人公的叙述与男主人公的解说交织为一体，宛如对话、交流，相互解读，使其内心体验成为真实的生命经验。这是一本讲述抗癌病人的故事的书，也是一本指导癌症病人与照顾者的指南，它引起了曾瑷对生命意义的思考和对死亡与濒死的检视，以及接受事实的勇气。它使人明白，恐惧死亡，会降低生命的活力；接受死亡，乃是为了更好地生活。

看完这本书后，曾瑷平静下来，知道自己现在只有坚强、勇敢，微笑地面对现实才是给父亲最有力的支持。她了解到李嘉诚先生在全国 25 个城市建立起了癌症病患者关怀养老院，深圳也有一家，就赶紧打电话过去咨询，并得到了热情的回应。这让曾瑷的心感受到了温暖和安慰。短短的几天她发现，不仅癌症患者非常痛苦，其家人也是一群非常需要社会关注的群体。眼看着亲人受苦，你却爱莫能助，那种心酸、无助和绝望是无以言表的。因为这种病很多时候医生都无能为力。

曾瑷发现，中国人一向回避谈论死亡。所以我们从小到大都没有接受过死亡教育。其实生老病死也是人生的一部分，我们应该尽早地认识它，坦然地接受它，才能更加乐观积极地面对人生并珍惜活着的每一天，因为人生随处可能是终点。这方面教育的缺失使许多人在遇到重大变故之时心理毫无准备。

深圳作为改革开放的前沿阵地，在医疗方面却是太落后了，医院只有那么几家，人满为患。连医生都劝曾瑷去广州治疗。在北京大学深圳医院，门诊医生、住院部医生态度都很和蔼，奈何床位紧张。母亲本想带父亲回上海，但又觉得让曾瑗两头跑不方便。无奈之下，吴迪到处打电话联系同学、朋友，最后决定到广州的一家中医院进行治疗，而梦南的先生正好在那家医院工作。他们连夜将爸爸送去，一到那里，爸爸精神为之一振，花园式的医院、宾馆式的住院部、专业和蔼的医生、训练有素的护工、价廉物美的服务，不仅让家属感到放心，也使病人增添了战胜病魔的勇气和信心。

大家轮流陪护着父亲，一周之内曾瑗暴瘦了 6 斤，一下子长出了许多白头发。想起《弟子规》中有这样的几句话：亲有疾，药先尝；昼夜侍，不离床。她觉得自己平时为父母做的实在是太少太少。父母为子女做的永远都无法回报。她现在才真正理解"子欲养而亲不待""父母恩重难报"的古训。她真的很想放下一切陪伴在父亲的身边。人生在世究竟有什么是不能放下的？工作真的有那么重要吗？一时的得失又算什么？最终每个人的结局都是一样的。百善孝为先！连孝顺父母、侍奉亲人都无法做到，还谈什么事业，还谈什么为社会做贡献？金钱真的有那么重要吗？一切不过是身外之物而已。如果花钱能挽救父亲的生命，她愿意倾尽所有，哪怕最后只是让父亲少受痛苦、有尊严地生活，她也愿意。

未来的日子，她不知父亲的病情会如何发展，但会陪伴父亲一起去经历化疗、放疗以及其他未知的一切。她只希望自己能有力量和勇气帮助父亲克服一切困难，战胜疾病。不管未来怎样，她已准备好了。

第十六章　超越生死

医生做了各种检查之后，制订了治疗方案。曾瑷和吴迪商量如何照顾父亲度过这段艰难的日子。大家决定轮流请假照看父亲，并请了一位专业陪护工人阿花。她是这家医院护理时间最长、经验最丰富的护工。阿花很敬业，不仅服务很到位还安慰大家不要太伤心，说她见过比曾瑷父亲严重得多的病人，让曾瑷他们不要太紧张，一定要坚强、乐观面对，这样才能将快乐的情绪传递给病人。曾瑷听后对她刮目相看。阿花一晚上要起来好多趟，搀扶父亲上厕所。广州一天 24 小时陪护才 80 元，比深圳一天 120 元便宜多了，而且还是经过专业训练的。医院的伙食也不错，旁边还有大学食堂，比起深圳医院里面的菜式更多，价格也更优惠。

自从上大学离开家乡，曾瑷已经很久没有与父亲朝夕相处了，看到父亲连吃饭都要人喂，每吐一口痰都带血丝，每一次上厕所尿液的颜色都不对劲，她真的感到很伤心。

　　为了尽最大的努力控制病情，医生决定给爸爸做化疗。护士在他的脖子上埋了个针管往里输液，幸好爸爸的反应还不算太大。抚摸着父亲瘦骨嶙峋的身体，曾瑷强忍眼泪，不让它掉落。才几天，父亲又瘦了一圈，听说癌细胞吞噬肌体的速度非常快。爸爸说他感觉腰上没劲，她知道是癌细胞已转移至此。她赶紧微笑地对父亲说没关系，过几天就会好的。当爸爸要上厕所，扶着他非常艰难地起床时，曾瑷的心中充满苦楚，因为她知道医生说爸爸随时都有截瘫的可能……

　　在肿瘤科住院部，曾瑷遇到了一位 83 岁的老人，三年前发现肺癌晚期的他非常乐观开朗。在走廊里老人热情地与曾瑷打招呼，告诉曾瑷三年前就发现自己患了此病，及时做了手术和化疗，控制了病情。后来癌细胞转移到了脑部，眼睛都凸出来了，脸部发生了变形，局部放疗后效果很好，直到现在腿部感觉有点疼，想来检查看看是不是癌细胞又转移了。他说人老了都会有这样那样的毛病，没什么大不了的，他还是照样到处乱跑、打门球。正因为有这样的心态他才能与癌细胞抗争到现在！他的话让曾瑷再次增添了信心，看到了希望。她很想告诉父亲，可是他现在还不知道实情。到底应不应该告诉他实情呢？曾瑷犹豫了……

　　每天晚上父亲都睡得不踏实，一向好强爱干净的父亲不到万不得已绝不想麻烦别人。每天夜晚，父亲从不主动开口叫人扶他上厕所，他怕吵醒曾瑷和护工，哪怕已经憋得难受或是浑身不舒服地在床上辗转反侧他也从不叫唤。所以曾瑷只要一听到有一点声响就赶快睁眼看看，如果发现父亲又在试着自行起床就连忙起来帮忙。

　　为了让父亲高兴，曾瑷让妈妈在病房过生日，父亲用他浑厚的男中音为妈妈唱起了生日歌，还是那么动听、那么充满深情。

父亲是个很爱唱歌的人，最喜欢苏联歌曲。听着他的歌声，曾瑷和妈妈差点落泪。曾瑷真的不知道还能再听几回父亲的歌声！

为了到医院陪伴父亲，曾瑷将课程全部安排到了一起上，有时一天要上8节课，幸好领导、同事、学生都很关照、理解她，使她能安心陪护父亲。曾瑷将手提电脑带到医院，在爸爸白天小睡的片刻备课。由于广州召开亚运会，汽车单双号限行，给人们出行带来了极大的不便，亲朋好友们只能挑好日子前来看望。

大人们都忙着去广州照看外公，鹏鹏一个人在家没人照顾，曾瑷只好将他托付给张阳，让张阳住到家里帮忙照看，她深感独生子女在家中遇到事情时的孤独无助。张阳在没课的时候也经常来医院帮忙，有时周末还带上鹏鹏一起来看望曾爸爸，甚至帮忙守夜。他还叫上梦源一起来，曾瑷和梦源两个当年的情敌，多年以后怎么也没有想到会在医院重逢，两人相拥一抱解恩仇。

在医院里，病友及病友的亲友们经常会聚在一起聊天，他们都有一些共同的体会：

有时我们把危重病人送往医院，可是医生说他也无能为力，此时大家只好自己上网、打电话、查书；自寻偏方、秘方；自找病友、网友，互相鼓励、互相支持、交流经验。

我们把安全交给警察，可公交车上的小偷、路上的抢劫、经常的堵车让人很没安全感。

我们把青春奉献给事业。可是它并不能保证你买得起房子、养得起孩子、照顾好家人、看得起病。

我们把孩子送往学校，想给他最好的教育。可是老师说家庭教育更重要，所以每天下班后我们要给孩子听写单词、生字，听他背诵课文，与他一起解答超难的小学数学题，然后签字"画押"，来不及看报、看电视，甚至来不及与爱人交流就累得倒头便睡。

　　所以身边的许多朋友，尤其是女性既练就了全科家庭教师的本领，又具备了专业医生的技能，同时还要有叶问般的功夫和身手，真是全才啊！这样文武双全的人才在曾瑗的身边比比皆是，他们不能生病，没有时间喘息，孩子需要她、爱人需要她、父母需要她，她们注定无处可逃，地球少了她照样转，家里没了她可就相当于天塌了，所以她们只能默默地、隐忍地面对一切……

　　曾瑗觉得现代女性真的好累，在外要打拼，职场上人家不会因为你是女的就放低对你的要求，每天回到家还要做家务、带孩子、辅导作业、做饭、买菜、照顾老人，唉，真的好累……

　　虽然吴迪公司依然十分繁忙，经济上的困境也还未完全解除，但他却放下一切，经常到医院照看曾爸爸。他联系了广州的医生同学，咨询了许多朋友，想给曾爸爸最好的治疗。他安慰曾瑗不要太难过，要保重身体。为了让曾妈妈不要太伤心劳累，他抢着干活。由于癌细胞已转移到了骨头，曾爸爸全身疼痛，又经常便秘，十分痛苦。因为害怕他骨折，医生说尽量不要让他下床，所以只能在床上解决大小便，吴迪就像抱小孩一样帮助他解手、擦屁股、帮他翻身、擦身，给他喂饭。医院的医生都以为吴迪是曾爸爸的亲儿子。

　　曾瑗的妈妈看在眼里，心中十分感动。曾妈妈悄悄地将女儿拉到一边说："吴迪这样的人现在你到哪里找，你可要珍惜啊！没钱不要紧，可以慢慢来，有些东西失去了就再也找不回来了！"曾瑗说她现在没心情去想吴迪的事，但她答应妈妈会找吴迪再好好谈谈。

　　经历了生死离别，悲欢离合，曾瑗对埃拉·惠勒·威尔科克斯的诗《孤独》感触颇深，她觉得这首诗道尽了人情冷暖和世态炎凉。

你笑，这世界和你一起笑；
你哭，却只能一个人哭。
因为古老而悲伤的大地必须寻找欢乐，
它自身的麻烦已经够多。
你歌唱，群山呼应你的歌声；
你叹息，叹息便消失在空气中。
只有快乐的声音能得到回应，
而忧虑的声音却不能。

你高兴，人们会追随你；
你悲伤，人们便转身离去。
人们愿意分享你所有的喜悦，
但不需要你的痛苦。
你快乐，就会拥有很多朋友；
你难过，就会失去所有的朋友。
没人会拒绝你的美酒，
但生活的苦水，你必须独自饮下。

你设宴，便会宾客盈门；
你绝食，便会与这世界擦肩而过。
成功和慷慨有助于你的生，
但没有人能够挽救你的死。
因为在欢乐的殿堂内，
能容下一长列气派的火车，
但在上车之前，我们必须独自
穿过那狭长而充满痛苦的通道。

第十七章　真爱无敌

　　夜深了，曾瑗想起和吴迪一路走来所经历的风风雨雨，想起这段时间吴迪对父亲的照顾，想起他们一起度过的青春岁月。所谓患难见真情，吴迪的表现让她深感这是一个即使将来自己生病老丑也不会被嫌弃的好丈夫。她想起婚礼上的誓言：

　　我们自愿结为夫妻，从今天开始，我们将共同肩负起婚姻赋予我们的责任和义务：上孝父母，下教子女，互敬互爱，互信互勉，互谅互让，相濡以沫，钟爱一生！

　　今后，无论顺境还是逆境，无论富有还是贫穷，无论健康还是疾病，无论青春还是年老，我们都风雨同舟，患难与共，同甘共苦，成为终生的伴侣！我们要坚守今天的誓言，我们一定能够坚守今天的誓言。

　　年轻时只是听听而已，根本没有什么切

身体会，年老了才知道，有些事说起来容易做起来难。

　　她知道自己因为从小一帆风顺被父母疼爱，被吴迪宠爱，确实没吃过什么苦，有时遇到事情只想着逃避，没有想该如何解决、如何勇敢面对。她不是不爱吴迪了，只是心烦意乱，害怕面对现实。她其实想和吴迪一起白头到老，将婚姻进行到底，也想证明给大家看，不用靠父母，不用凭背景、后台，只要努力一样能行。有人说初恋是个童话故事，她多么希望她和吴迪的这个童话故事可以有个美好的结局。她知道如果真的离婚了，孩子不高兴、吴迪不高兴、两家的老人也都会很伤心！而她自己也不会开心！她思前想后，明白了一个道理：陪吴迪共同面对，帮助他渡过这个难关才是最佳的解决方案！人比钱重要！想到这，她整个人一下子清醒了过来，有种豁然开朗的感觉。

　　第二天，她悄悄地给向吴迪借高利贷的那个人打了电话，要了银行账号将钱打了过去。她想其实帮吴迪还债也是为了这个家，这样吴迪每个月就不用付那么高的利息，省下来的钱也可以补贴家用。

　　吴迪知道后非常感动，在医院的花园里，他拉着曾瑷的手说："你这是怎么了？你想通啦？"曾瑷微笑着平静地说道："我想人比钱重要。"吴迪轻轻将曾瑷拥入怀中说道："老婆，这辈子我欠你太多，我让你受苦了！我一定会让你和鹏鹏过上好日子的。"曾瑷说："我不指望什么大富大贵，只希望你不要再那么辛苦，陪陪我和孩子，多想着父母就行了。等债务还清了，我希望你不要再这样下去了。"吴迪说："你要相信我，我一定能做好的！"两个人相拥而泣。

　　转眼冬天来了，由于父亲的病情加重，医生劝他们还是把老人接回深圳。曾瑷问遍了全深圳市所有公立医院，都不肯接收父亲，无奈之下只好找到一家私立医院，将父亲送去。

深圳的冬天阳光灿烂，蓝天下的公园里老人们打着太极，孩子们快乐地奔跑，人们为了生活各自奔忙。而曾爸爸却躺在床上不能吃、不能动、不能听他最喜欢的苏联歌曲……看着他难受、受煎熬，大家却爱莫能助，那种痛苦和绝望无法言表。到这一刻，曾瑗深深地体会到钱财真的是身外之物……有时候它一点作用也没有。她也深刻体会到要珍惜一切，活在当下，放下执念，快乐生活，以一种全新眼光看待生命。她有一种紧迫感，她明白了人生真正重要的东西，她也更加理解吴迪想要做点事情的心情和决心！这辈子为自己理想而活的人能有几个？能为理想而努力的人又有多少？曾瑗对婚姻也有了新的认识，她发现美好的婚姻不是花前月下的甜言蜜语，也不是顺境时的你侬我侬，而是不管对方贫穷、疾病、顺境、逆境，年轻、衰老都不离不弃，相扶到老，相濡以沫。累了的时候有人给你捶捶背，渴了的时候有人给你倒杯水，高兴的时候有人陪你说笑，痛苦的时候有人帮你擦眼泪……

那段日子，曾瑗晚上在医院陪伴父亲，白天上课。从前她可能会觉得很辛苦，但现在觉得与病人的痛苦相比，这点苦算得了什么？

医生建议给父亲做低剂量的化疗，并结合中药减轻病人的痛苦。曾妈妈本来不想让爸爸再受罪了，可是曾瑗却想只要还有一线希望都要积极争取！她做了一个让自己后来非常后悔的决定，同意让医生给父亲做化疗。

才给父亲输了不到一个疗程的针液，原本身体已经十分虚弱的父亲更吃不下饭了，一向坚强的父亲拉着曾瑗的手说："我这辈子从来没受过这样的罪，吃这样的苦，太难受了！"他给远在上海的弟弟妹妹打了电话，电话中他用家乡话跟亲人们告别，眼泪顺着眼角流了下来，曾瑗的心都要碎了。

曾瑗听人说有一种进口药对病情会有帮助，每天吃一颗，一颗500元，她还是托人从印度快递来。吃了几天，父亲的精神好像好了很多，曾瑗十分高兴，后来才知道其实那是回光返照。

在一个寒冷的冬夜，父亲还是永远离开了他们。

来参加追悼会的人很多，虽然远在异乡，但父亲在上海的许多亲朋好友都远道而来，还有曾瑗的一些学生也来了。那年深圳的冬天漫长又寒冷。

父亲走后曾瑗非常自责，她觉得如果不做化疗也许父亲还会活得更久一些。在最后的时刻，父亲是不是会好受一点，没有那么痛苦呢？

以前曾瑗以为，人只有活到老了，将一切心愿了了，安排好一切身后事，才能从容离开。现在才知道，一切都跟你想象的不一样，可能你今天还在说笑，给家人做早餐，明天你就可能不在了。一想到医院那恐怖的气氛和场景，以及那里面被病苦折磨的人，她就心有余悸。经历了这样的日子，曾瑗深感病老无期至，恐怖夜梦惊。人生无常，只要父母在，不管怎样，这对晚辈都是一种最大的精神安慰！亲人是前进的动力，永远的牵挂。只有孝敬父母，这个家庭才会兴旺发达，才会枝繁叶茂。曾瑗在心中暗暗发誓，要加倍对母亲好。

在医院曾瑗看到大厅的墙上挂着这样的一幅壁挂：

医学日内瓦宣言

我以阿波罗及诸神的名义宣誓：

我要恪守誓约，矢志不渝。

对传授我医术的老师，我要像对父母一样敬重。

对我的儿子、老师的儿子以及我的门徒，我要悉心传授医学知识。

我要竭尽全力，采取我认为有利于病人的医疗措施，不给病人带来痛苦与危害。

我不把毒药给任何人，也决不授意别人使用它。

我要清清白白地行医和生活。

无论进入谁家，只是为了治病，不为所欲为，不接受贿赂，不勾引异性。

对看到或听到不应外传的私生活，我决不泄露。

如果我违反了上述誓言，请神给我以相应的处罚。

看到这段文字，曾瑗想起父亲生病以来所经历的一切，有些医生明明知道病人即使做化疗也没有什么作用，却依然不顾病人的痛苦，在利益的驱使下，将病人当作试验品，想想真是太悲哀了。她想如果每个医生都像誓言中所说的那样，那么医患关系也就不会那么紧张了。

父亲虽然走了，但日子还是要继续。

曾瑗与母亲一起将父亲的骨灰送回上海，撒在了黄浦江中。那正是：

亲戚或余悲，
他人亦已歌；
死去何所惜，
托体同山峨！

父亲的去世带给曾瑗极大的撼动，她深感人生的无常和无奈，她开始思考人生。为什么近几年来身边得癌症的病人越来越多？有亲人、有同事、有年轻的学生，为什么这种病至今不治？而且治疗的费用如此昂贵？许多家庭因病致贫，甚至家破人亡。她甚至想放下一切去学医。她明白了人生中最重要的是什么，她觉得她的余生一定要做一些有意义的事。于是，本来就非常自律的曾瑗更舍不得将时间浪费在闲聊、应酬这些事情上，她觉得时不我待，有很多更重要的事等着她去做。不仅仅是工作、挣钱和娱乐！

吴迪在父亲病重时的表现让曾瑗深受感动，她觉得这是一个善良的、值得依赖的男人，不管今后他的公司状况如何，也不管今后他还会遇到什么困难和诱惑，曾瑗都决心要一起面对，共同承担，她要将婚姻进行到底！

第十八章　春暖花开

因为给父亲治病，家里花了不少钱，而且，为了给吴迪的公司还债，家里的积蓄也几乎花光了。吴迪感到很对不起曾瑷，让她跟着自己吃苦受累。曾瑷安慰他说没关系，只要青山在，不怕没柴烧。只要两个人感情好，彼此理解，互相支持，全家人平平安安、健健康康，一切就有希望。吴迪觉得他作为一家之主，必须撑起一片天，必须顶天立地。曾瑷也鼓励吴迪让他重拾自信、坚强地站起来！

生活的起起落落，尤其是曾爸爸的去世，给了吴迪一个极大的警示：家人和健康最重要！人到了生命的最后，身边往往只有亲人守候。身体健康就是对家人最大的负责。他觉得自己从前生活的重心已偏移，太不顾及曾瑷的感受，下半辈子要多花些时间陪伴家人和朋友。

在经历了家庭及事业的最低谷，尤其是

大家都听说了吴迪对病中的老丈人的孝敬和爱护后，同事朋友对吴迪的人品更加看好，圈子里的人都发现他是个诚实可以信赖的人，他的口碑越来越好。加上他及时意识到专门给酒店做设计这一领域已变成了一片红海，果断决定转行。他与几个朋友一起办起了工厂，学习华为让员工持股，建立股份制。他想起比尔·盖兹曾说过的话："如果你错过了互联网，你将错过整个时代。"所以吴迪又去进修学习了网络营销，建立了公司网站，在网上宣传推广企业产品，同时保留设计公司，建立起了设计、制作一条龙服务。他还敏锐地发现未来智能设备在这一行业的应用，可以大大降低人工成本，与朋友一起投资研发了相关的自动化设备，成功申请到了国家发明专利，企业也升级成为高新科技产业。随之，公司的经济状况大大改善，不仅还清了欠债还扩大了规模。

闲暇时，吴迪和曾瑗会聊起从前在百安的生活，或是设想如果当初各自回到家乡，是否一切都会更好？但一切都已过去，他们从生活中领悟到，其实平平安安、简单幸福就是人生最大的快乐。所谓的成功就是一家人在一起，家中没有病人，没有欠债，没有太多的物欲，有共同的价值观和追求，每天能坐在一起吃饭。他们为自己不靠父母、不靠权势、自力更生而自豪。

曾瑗问吴迪来深圳后不后悔，吴迪说不会，他说如果在百安，一切来得都太容易，也许他会因为贪污腐败而进班房。而在深圳，所有一切都是他努力的结果，成功也好，失败也罢，他都无怨无悔。他反问曾瑗跟着他吃苦受累是否后悔，曾瑗说如果不是来深圳她也不会更加珍惜亲情、友情和爱情，也不会去考研，顺境有时会让人不思进取，而逆境才真正锻炼人，而且事过境迁，已想不起那些不快乐、不开心的鸡毛蒜皮般的小事，只记住了那些美好的、让人感动的往事，过去的一切都已成为美好的记忆！在深圳这座美丽的、令人向往的城市，这里清新的空气、花园般的环境、优质的服务、便利的交通、先进的理念、包容的氛围都已让曾瑗深深地爱上了它，虽然它也有许多缺点和不足，但伴随着它的成长，曾瑗一家也在此创业、生活，她相信明天一切会更美好！她告诉吴迪："感谢你让我有机会来到深圳，否则我可能一辈子都待在上海，那样我可能会不甘心，留遗憾到老。而如今的我无怨无悔，尤其是经历了那么多事后，更领悟到生命的真谛和意义，这是最重要的事。"她想起了一首诗：

为什么我的眼里常含泪水？
因为我对这片土地爱得深沉！

曾瑗见识过身边一些男人有钱就变坏，或是因为太闲而在外面花天酒地，而今吴迪肯为了她，为了孩子努力拼事业，甘于清贫，她十分知足。尤其在父亲生病时吴迪对老人的照顾，让曾瑗十分感动，她想这辈子不管怎样，他们俩都将永不分开！在经历了人生的风风雨雨后，曾瑗明白：

不是你努力了
就一定会有好结果
不是你善良
就一定会遇到好人
不是你能干
就一定会得到赏识
不是你懂事
就一定会被疼爱

不是你谦让

机会就一直留在那里

不是你勇敢了

就一定能克服困难

不是你美丽

就一定会幸福

但不管怎样

我们还是要

善良、努力、谦让和勇敢

因为我们相信因果轮回

　　梦源的培训中心在吴迪、张阳的帮助下，也慢慢地打开了市场，张阳有时还过去代课，曾瑗最终还是知道了梦源的雪中送炭，她发现人生其实并不像年轻时想象的那样非黑即白，有时是很复杂的。一切也都在变化着，如果以一颗开放包容的心、以发展的眼光来看待别人，而不是带着成见，那么朋友就会越来越多。

　　在一个风和日丽的小长假，在他们大学毕业 20 周年的纪念日，他们将全班同学召集到深圳组织了一次聚会，大家谈起百安，想起了 59 分、想起了那激情燃烧的岁月……

　　在经历了人生百态、世间冷暖后，曾瑗觉得她还拥有爱情、亲情和友情，是一件多么幸福和难得的事，她觉得这一切比钱财、地位、名利更重要。她非常珍惜已拥有的一切！

　　我相信，生活虽有艰辛，

　　但总有一处可以停歇。

我相信，人心虽有险恶，
但总有一丝良知尚存。
我相信，世态虽有炎凉，
但总有一缕阳光照射。
我相信，心中常存感恩，
你将拥有一切！

我的世界——春暖花开。